D+

dear+ novel

Nekoto jinrouto onzoushino dekiai kosodate ・・・・・・・・・・・・・・・・・・・・

猫と人狼と御曹司の溺愛子育て

華藤えれな

新書館ディアプラス文庫

猫と人狼と御曹司の溺愛子育て

contents

猫と人狼と御曹司の溺愛子育て ……………005

御曹司の初めての甘い純愛 ……………203

あとがき ……………252

illustration : Dite

猫と人狼と
御曹司の
溺愛子育て

1

みゃおん……。

猫の鳴き声が耳元で響いた気がして、沙智《さち》はうっすらと目を開けた。

「……」

猫のマミンカの声だ。ぼくに会いにきてくれた？

うれしくなって手の甲でまぶたをこすると、沙智は瞬《まばた》きをしながらまわりを見まわした。

けれどそれらしき姿はない。

パチパチと暖炉にくべた白樺《しらかば》がはじける音が聞こえてくるだけ。

（今の、この音だったのかな？）

沙智は赤々と焔《ほのお》が燃えているレンガ造りの暖炉をじっと見つめた。

ううん、違う。これじゃない。聞きおぼえのある声だった。まちがえるわけがないはずだけど。

（それとも……夢……見てたのかな）

小首をかしげながら身じろいだ沙智のほおにふっと温かな吐息がかかる。隣で眠っている男性のものだった。

（オレクさま……そっか、一緒に寝たんだっけ）

沙智は口元に淡い笑みを刻むと、腕枕をしてくれている男の寝顔を見つめた。

二十代半《なか》ばくらいの金髪の美しい男性――オレク。

そして二人の間にはちょうど三歳になったばかりの赤毛の男の子――ヨナシュ。

午後のお菓子のあと、暖炉の前のふかふかの絨毯《じゅうたん》に三人で寝そべり、一緒に童話を読んでいるうちに、みんなして眠りこんでしまっていたらしい。

（起きたのは……ぼくだけか）

二人とも、まだぐっすりと眠っている。オレクとヨナシュは親子ではない。けれど、本物の親子のように仲がよく、くつろいだ寝顔をしてよりそっている姿を見ているだけで、沙智の胸はあたたかくなる。

家族っていいな、愛があるっていいな……と。近くで二人の姿を見ていられるだけで、とっても幸せな気持ちになる。

沙智は彼らを起こさないように息をひそめ、そっと上体を起こした。

（嬉しかったな、腕枕。痺《しび》れてないかな、重くなかったのならいいけど……）

大好きなオレクさま。沙智の雇い主であり、初恋の相手であり、それから大切なものを守ってくれた恩人でもある。

さらりとした髪のすきまから見える形のいいまぶた。瞑《つむ》っていても上品で綺麗だけど、ひらくと、もっと綺麗だ。

初夏の空のような、優しい色の蒼い瞳がまぶたの下に隠れている。その瞳に見つめられると、胸の奥がきゅんとする。

この世で最も大切な人だ。彼のそばに居られるだけで、沙智は夢のような幸福感に包まれる。

二人の間で眠っている子供はそんな彼の大切な甥《おい》っ子。ふわふわの赤い巻き毛は、オレクの亡くなった姉にとても似ているらしい。

ヨナシュも、今では沙智にとって世界で一番大切な一人になっている。この二人と一緒にいると、とてもあたたかい空気が沙智の胸をいっぱいにする。

大好きなオレクさま。

大好きなヨナシュ。

ついさっきまで、三人でアンデルセンの『人魚姫』の童話を読んでいた。

クライマックスがかわいそうだと言ってヨナシュが泣いてしまったので、なだめているうちに彼が眠ってしまい、読むのを中断したのだ。

床に広げたままの絵本の最終ページをちらっと見ていると、また窓の外から猫の声が聞こえてきた。

「……っ」

この声。やっぱりきてくれたんだ。

聞きまちがいではなかった。

沙智が親しくしている猫――マミンカのものだ。鼓膜に触れただけで、なつかしさと愛《いと》しさがぱあっと胸に広がっていく。

(わあ、マミンカ、ここまできてくれたんだ)

沙智はそっと音を立てずに部屋をぬけだし、廊下のガラス戸を開けて外に出た。

ひんやりとした晩秋の風が沙智のほおを打つ。

さらさらさらさら……と音を立てて枯れ葉が舞う広々とした庭園にはもう冬がやってくる気配が感じられた。

どこにいるのだろうときょろきょろと辺りを見まわすと、庭園へと続くベランダの手すりに、白っぽい毛のスコティッシュフォールドに似た猫がちょこんと座っているのが見えた。

「マミンカ!」

ふわふわとした白い被毛《ひもう》がパウダースノーのようだ。

「やっぱり今の……マミンカの声だったんだね」

手すりに近づき、手を伸ばすと、にゃーと声を出して小さな折れ耳の仔猫が沙智の腕に飛び乗ってくる。

「ありがとう、きてくれて」

うーん、この子の毛は、本当にやわらかくて気持ちいい。

耳がぺこっと折れていて、真っ白な被毛のふわふわとした小さな猫のマミンカ。

どう見ても、とても小さな子猫なのだが、実は、何世紀も生きている不思議な猫である。一応、オスだ。本当ならおじいちゃん猫どころではない、超お年寄りだ。

「あ、マミンカ、雪の匂いがする。もうエルベの森には雪が降っているんだね」

もふっとした白い耳の付け根に顔を近づけ、沙智は大きく息を吸った。

『ああ、沙智の育ったエルベの渓谷は真っ白だよ』

マミンカの言葉……。普通の人間には「ミャー」とか「みゃおん」という鳴き声にしか聞こえないのだが、沙智には人間の言葉のようにはっきりとその意味が理解できる。

「そうか。綺麗だろうな、雪のエルベ渓谷も森も」

沙智はマミンカを抱きしめてキスをしたあと、ほおをすり寄せながらエルベ渓谷のある北のほうに視線をめぐらせた。そんな沙智のほおをマミンカがポンポンと猫パンチのように軽く叩いてくる。

『もう……のんきなこと言って。こっちは沙智のことが心配で、ここまできたのに』

「えっ、心配って何の？」

『ああ、やっぱり、何にも考えてないんだ。オレクさまとのことだよ。その後、どうなってるんだ、ちゃんと結婚できそうなのか？　永遠の愛を誓ってもらえそうなのか？』

急《せ》かすように訊いてくるマミンカに、まいったな……と、沙智は少しばかり肩をすくめて苦笑いした。

「やだな、マミンカ、結婚なんてありえないよ」

『はあ？　なに言ってんだよ、沙智。そのためにここにいるんじゃないのか？』

「えっ、だって、そんなの……考えられないよ。好きだとも言ってないし、好かれようと思ったこともないし……そもそも身分も見た目も頭もなにもかも違うし。だから、ぼく、最初からオレクさまとの結婚なんて望んでないんだよ」

笑顔で当たり前のように言う沙智を見つめ、マミンカは本気で困った様子でそのふわふわの尻尾《しっぽ》をがっくりと下げた。

『まったく無欲なんだから。オレクさまは身分なんて気にする人じゃないだろ。そんなにかわいいんだから、誰だって沙智のこと好きになってくれるよ』

かわいい──？　そうだろうか？

沙智はガラス戸に映る自分の姿をちらりと横目で見た。

さらりとした茶色の髪の毛、琥珀《こはく》色の大きな眸《ひとみ》。年齢より幼く見える風貌《ふうぼう》は、日本からの留学生だった母親譲《ゆず》りである。

父親は古くからこのチェコとドイツの国境沿いにあるエルベ地方に住んでいる貴族の末裔《まつえい》だったが、二人とも、沙智が子供のときに亡くなってしまった。

それ以来、沙智はずっと一人で生きてきた。沙智にとっては、この猫のマミンカがずっと親代わりだった。

言葉も世間の常識も人間社会での暮らし方も、全部全部、マミンカが教えてくれたのだ。

マミンカというのはチェコの言葉でママという意味だ。オスの猫に対してそう呼ぶのはどうかと思うが、彼の性別を意識する前に呼び始めてしまった名前なので、今さら訂正するのも変な気がしてそのままにしている。

『なあ、沙智、時間がないんだよ。雪が溶けるまでにオレクさまから永遠の愛の誓いをもらえなかったら、……自分がどうなるかわかってるんだろ』

「うん、わかってるよ」

こくりとうなずく沙智を、またマミンカが肉球でポンポン叩く。

『バカ、わかってるなら、愛を誓ってもらえるようにしないと』

「いいんだ、覚悟してるから。オレクさまとはサヨナラしなきゃいけないってことくらい」

『バカバカ、違うよ。オレクさまだけじゃないよ、俺とも終わりになるじゃないか。オレクさまの愛がもらえなかったら、沙智、雪解けと一緒にこの世界から消えてしまうんだよ。溶けてしまうんだよ。自分が「森の狼阪」の「人魚姫」だって自覚してくれよ』

真剣に訴えてくるマミンカだが、沙智は自分が消えたくないから愛をもらおうなどと望んではいない。

愛する人間の愛が得られなかったらこの世界から消える。砂かオガクズのようになって、森の養分として土に溶けてしまう。

それが人狼が人間になるための条件だった。

マミンカの言うように、さっき読んでいたアンデルセンの童話『人魚姫』と少しだけ似ているかもしれない。

海の泡になるのではなく、森の土になるところがあの童話とは違うけれど。

(でも……ぼくは……それでも……いいかなとは思っているけど)

オレクさまに「愛してください」なんてだいそれたお願いをする気はない。そんな自分を想像しようとしても何の光景も浮かんでこない。頭の中に空間ができたみたいになって、その続きが見えてこないのだ。

「マミンカ……ぼく……わからないんだ。どうやったら愛されるのか。人間の愛なんて見たこともないし」

『愛は見えるもんじゃないよ。沙智、ちゃんと両親から愛されてたじゃないか。俺だって沙智のこと大好きだよ。普通にしていたら、誰だって沙智のことを好きになるから』

「なら、嬉しいけど。でもオレクさま、狼の血をひく人狼のことなんて……好きになってくれるとは思えないよ。人間が人狼を好きになるなんて普通じゃないから」

『……まあ、確かにそれはあるかもしれないけど……。人間は、人狼のこと、誤解してるからな。闘争意欲のない、ふわふわした性格の生き物だってこと……全然知らないで、悪魔のつかいだの、地獄の番犬だのと勝手に恐れて、迫害してきて……』

マミンカは困ったようにため息をついた。

(そう……人間は、人狼のことを嫌っているから)

沙智の父親は、人間ではない。チェコとドイツの国境沿いにあるエルベ渓谷の奥に広がる森の片隅でひっそりと生きてきた人狼の末裔だった。

昔は、森のなかで狼人間や獣人もふつうに暮らしていたようだ。

人間に悪魔のつかいだと勘違いされてからはほとんどが狩られてしまって、今では伝説の生き物になってしまった。

沙智の父はそんな人狼の唯一の生き残りで、エルベ渓谷の森で誰とも触れあわずに孤独に暮らしていた。

ごくごく稀《まれ》に、人狼が無害な生き物だと理解してくれる人間はいなくもなかったが、表立って人狼を擁護《ようご》すると、人間社会でのけものにされてしまうので、誰もそれを口にすることはないらしい。

一方、母は日本から留学してきたふつうの人間だった。

チェコに絵本作りの勉強のために留学し、エルベの森の昔の遺跡を辿《たど》っているうちに迷子になったところを父に助けられたらしい。

二人は恋に堕《お》ち、母は父に永遠の愛を誓った。

そして生まれたのが沙智だった。

けれど二人とも、八年前の、人狼狩りで亡くなってしまった。

エルベの森に人狼たちがいるとばれたらしく、捕獲目的の研究者や狩猟者《しゅりょうしゃ》に追い詰められ、渓谷から谷底に落ちて命を喪《うしな》ったのだ。

それ以来、沙智はマミンカだけを家族のようにしてずっと一人で生きてきた。

『沙智……もっと真剣に考えないと』

「そうだね」

人狼の血をひくといっても、沙智は母親が人間なので、他の人狼よりもずっと人間には近い生き物のようだ。

耳や尻尾のある本来の人狼とは異なり、ふだんは全く人間と同じ姿をしている。

だが、空に月があがると、狼の血が目覚め、沙智の身体に変化が起きる。耳と尻尾が出てしまうのだ。

さらには満月の夜にだけ、本物の狼になる。それに、昼間、人間の姿をしていても、鏡に映る姿や影には耳と尻尾がしっかりと刻まれてしまう。

そのため、人間社会で生きていくことができないのだ。

だけどどうしてもオレクのそばにいたかった。

なので、完全な人間になれるよう、沙智は森の長老に頼み、一冬だけ、狼としての遺伝子が消える不思議な薬をもらった。

かつて、沙智の父親もそうやって人間になった。母から愛されたため、溶けてしまうことはなかったが、愛を求めながらも得られないまま、この世から消えていった人狼たちがたくさんいたという話は耳にしたことがある。

「でもマミンカ……ぼくね、春になったら森の土になってもいいんだよ」

『沙智……どうして』

不安そうなマミンカの顔を見つめ、沙智はにっこりとほほ笑んだ。

「どうせ人狼は、死んだら森の土になっちゃう運命だし、それがちょっと早くなるだけだよ」

『ちょっとじゃないよ、沙智、まだ十八年しか生きていないんだよ』

「いいんだ、今、ぼく、とっても幸せだから。ずっと姿を見ることもできなかったオレクさまと一緒に暮らしているんだよ。それに、彼の大切なヨナシュくんと遊ぶことが仕事だなんて夢のようだよ」

沙智はささやきながらマミンカのほおにまたキスをした。

「毎日がとっても楽しいんだ。こんなに楽しくて幸せなことって今まで一度もなかった。これ以上のことなんて、きっとこれから先ないと思う。もし長く生きていてもひとりぼっちのまま森の奥の家で何十年も暮らすのはやっぱり淋しいよ」

『俺がいても？』

マミンカが切なそうに言う。

「でも……マミンカはぼくよりずっと寿命も長いし、森の生き物みんなと仲良しだろ」

『そんなことない、熊とは仲良くないし、蛇《へび》も苦手だよ。そもそも両方とも大嫌いだし』

「ハハ、そうだったね。でもね、ぼくはマミンカ以外にお友だちはいないし、仲間もいないし……。だから楽しくて幸せな気持ちの今、森の土になれたら幸せな気がして」

さらに笑みを深めた沙智のほおを、マミンカが肉球でポンっと叩く。今までと違って思いきり力をこめて。

「痛いよ、何するんだよ」

『バカ野郎っ、まだ決まったわけじゃないだろ、愛されるかもしれないじゃないか。本当に沙智は欲がないな。そういうの、人狼の悪いところだよ。こっちがムカムカするほど心が綺麗で……だから狩り尽くされたんだよ。もっと生きることに貪欲《どんよく》になるんだ。もっともっと自分が幸せになれるようがんばらないと』

肉球でポコポコと殴ってくるマミンカが愛らしい。

こんなふうに真剣に案じてくれる彼のためにも、やっぱり少しでも長生きできるようにがんばってみようという勇気が湧いてこないわけでもない。

（……幸せになれるように、か……）

どうすればもっと貪欲になれるのか、どうすれば人間から愛されるのか——沙智にはすぐにはわからない。

だが、沙智はそうしないと来年の春を迎えられない運命だった。

『――沙智、自信を持ってぶつかっていけばいいよ。沙智のこと、好きにならない人間なんていないから。何百年も生きている俺が保証してやるよ』

マミンカは力強くそう励《はげ》まして去っていった。

彼はいつもそんなふうに言う。

誰でも沙智のことを好きになってくれる、と。尤《もっと》もそれは親の欲目というもののような気がするのだけど。

マミンカと別れ、沙智は暖炉のある部屋に戻った。

まだオレクとヨナシュが眠っている。その隣にもう一度横たわり、沙智はそっとオレクの腕に頭をあずけようとした。

するとその気配でオレクがうっすらと目を開ける。

「……どうしたんだ」

小声でオレクが問いかけてくる。

「外に行ってたの？」

「あ……ごめんなさい、起こしてしまいましたか？」

沙智はあわてて上体を起こした。

「いいから、謝らなくても。うっかりうたた寝してしまったんだから」

オレクは半身を起こすと、眠ったままのヨナシュをそっと自身のひざに移動させ、沙智の肩に手を伸ばして改めて抱き寄せようとした。

「身体が冷えてる」

「ぼくの身体、冷たいですか？」

「ああ、とても。髪からも皮膚からも冷たい空気が伝わってくるよ」

沙智の髪にオレクがほおを寄せてくる。沙智はとっさに肩を縮こまらせた。

「ご、ごめんなさい」

「……どうして謝るんだ」

「え……だって、オレクさまが冷たく感じてしまったから」

沙智の言葉にオレクがくすっと笑う。

「なんだ、そんなこと、沙智が気にすることじゃないのに」

「気にします。オレクさまやヨナシュくんにイヤなことはしたくないので」

大好きな相手に不快な思いをさせるのは辛いから。

するとオレクはとても哀しそうな顔をした。どうしてなのか、切なげにじっと沙智を見たあと、彼は祈るように言った。

「イヤじゃないよ。きみの身体が冷たいのなんて全然気にしないから。それよりも、きみがそんなことくらいで謝ってくることのほうが哀しいよ」

「え……哀しい？　あ、ごめんなさい。でも、どうして哀しいって」

困惑している沙智の髪を、オレクはそっと撫でてくれた。

「いいんだよ、そんなに気をつかわなくても。もっと気楽にして欲しいんだ。友だちと話をするみたいに」

「でも……ぼくは使用人で、オレクさまはこの館《やかた》のご主人さまだから」

「それなら、その関係を終わらせないか？」

それは、もうこれ以上、ここで雇ってもらえないということだろうか。顔をこわばらせた沙智だったが、オレクからの言葉は予想と反していた。

「使用人と主人という関係をもう終わりにするんだ。きみは私の家族になればいい。このままずっとここで家族のように暮らしていかないか」

優しい眼差しで顔をのぞきこまれ、沙智はドキドキと鼓動を高鳴らせた。

「か……家族……ですか？　どうして」

突然のオレクの言葉に、沙智は変にうわずった声で返した。

「ああ、きみのことが好きなんだ」

「好き?」

「そう、好きなんだよ。だからずっときみといたいんだ。生涯、よりそってくれないか」

一瞬、言葉の意味が理解できなくて沙智は目をぱちくりさせた。

オレクのそばにいたいという女性も男性もたくさんいる。

人間社会のことがよくわかっていない沙智には、その価値も理解できないのだが、彼は由緒《ゆいしょ》正しい貴族の家系というだけでなく、いわゆる大富豪という存在だ。

沙智の故郷でもあるエルベ渓谷のあたりに広大な土地を持ち、そこにある鉱山からの鉱物資源でじっとしていても巨万の富が得られるらしい。それに加え、渓谷の開発のため、父親がたちあげた観光事業も成功して、今はそこの代表取締役に就任《しゅうにん》しているとか。

その上、この美しい容姿に優しい性質……。

人間社会でいえば、結婚相手にはこれ以上ないほどの素晴らしい人物とのことだ。

ただ、オレク自身は多くのしがらみを背負っていて、結婚相手は慎重に選ばないといけないのだとか。尤もそれ以前に本人に結婚の意志はないと言っていた。

だから沙智が伴侶になることはないと思っていたのだが。

「どうして……ぼくですか」

「どうしてって」

「あの……ぼく……ニャンコ以外に家族もいないし、学校も行ったことないし、お金もないし、友だちもいないし、森のことしかわからないし……」

その上、人狼だし……ということだけは、どうしても付け加えられなかった。彼の優しさを失ってしまうのが怖くて。

「知ってるよ、きみに家族がいないことも、森で一人で暮らしてきたことも、最初に説明してくれたじゃないか。だけどそんなことは関係ないよ。むしろそんなきみだからこそ、癒《いや》される。誰と一緒にいるよりも、心がとても清らかになって、心地よくなるんだ」

心地よく？　そんなふうに思ってもらえるなんて夢のようだ。

「あ……あの……あの、本当に……？」

震える声で問いかけた沙智に、オレクはこくりとうなずいた。

「きみといるとほっとするんだ。反対に、さっきみたいにきみがいないと淋しい。できれば……ずっとそばにいて欲しい。一分でも一秒でもきみと一緒にいたい」

「あの……それ……それって……ぼくを……愛してるってことですか？」

沙智は呆然とした顔のまま、単刀直入に問いかけた。

「……愛……と言っていいのか。まだ知りあったばかりだから、軽々しく愛を語るほどの自信はないけど」

目を細め、オレクがちょっと照れたように微笑する。その様子をきょとんと見ていると、オレクは沙智の髪を撫でていた手でほおを包みこんできた。

「知れば知るほどきみが愛しくなってくる。他人に対して、こんな感情を抱いたのはきみが初めてなんだ。どういう言い方をすればいいのかわからなくて……まだ自分のなかでも曖昧《あいまい》で、本当はもっときちんと自覚してから伝えるべきだと思うんだけど」

真剣にていねいに、自身の心を伝えようとしてくれる姿に胸が熱くなってくる。

「不快に思わせたのならごめんね」

とっさに沙智は首を左右にふった。

「……とんでもないです。驚いています。でも……うれしいです……ぼく、オレクさまもヨナシュくんも大好きだから」

「よかった。ありがとう」

オレクが沙智のほおにそっと唇をよせてくる。

ふわっと皮膚に触れる彼の唇。やわらかくて優しい。それにとてもいい香りがする。

さわやかなシトラス系の香りの奥にブラックベリーの上品で艶《つや》やかな味わいが混じっているような感じで、心地よさにうっとりしてしまう。

「きみといると癒される。できたら……人生の伴侶になって欲しい」

「え……」

一瞬、その言葉の意味がすぐに理解できず、沙智は目を見ひらいた。

伴侶……ということは、人生を一緒に生きるつがいのようなもの。仲間、もしくは配偶者と辞書に書かれていた。

あの、それは……もしかするとプロポーズですか？

と問いかけたいのに、胸の奥が激しく脈打ちすぎて、口もパクパクして、なにも伝えることができない。

ただ沙智のまなじりからポロリと熱い涙が出てくる。

涙……。この熱い水は、悲しいときや淋しいとき、苦しいとき以外にも、そう、うれしいときにも出てくるものだとオレクさまが教えてくれた。今のこの涙は、うれしさのせいで出てきたものだ。

「沙智……きみさえよかったら、私と結婚してくれないか」

結婚――――!

えっ、今、なんて。

「結婚して欲しいんだ、沙智」

ああ、これは夢なんだろうか。どうしよう。なんということだ。

マミンカ、マミンカ、聞いて、聞いて、オレクさまから伴侶になってって言われたよ。結婚して欲しいって。

「あ……あの……あの……い、いいんですか、ぼく……で」

「好きなんだ、きみのことが」

「え……でもぼく……本当に……あなたにふさわしくは……」

「身分や育ちは関係ないよ。きみが何者でもいいんだ。たしかに、まだこれが愛なのかどうかわからないって、さっき言ったばかりだけど……初めてのことで本当に自分でも戸惑っていて。でもずっとそばにいて欲しいいし、きみのこと、抱きしめたいいし、キスだってしたいし……どこにもいって欲しくないいし、誰にも渡したくないいし……きみのすべてが欲しい」

うそだ、うそだ、信じられない、オレクさまがぼくを好きだなんて。しかも結婚したいと思うほど。

「オレクさま……あの……本当に……本当に……ぼくが何者でもいいんですか？　ぼくと結婚したいと思ってくれますか」

言わなければ。人間ではない、人狼だってちゃんと伝えないと。それでも好きだって言ってくれますか？

(もしかすると拒否されるかも。それが怖い……でもちゃんと伝えないと)

人狼はイヤだ、愛せないと言われたら、そのときは潔《いさぎよ》く運命を受け入れよう。

人間だと思ったから好きになったと言われたしても、少しでも「好き」をもらえただけで十分に幸せだから。そうだ、すべて伝えよう。

そう決意し、沙智が大きく息を吸ったときだった。

「……ん……」

オレクのひざで眠っていたヨナシュがうっすらと目を開けた。

「……ヨナ、起きたのか」

そっとオレクがヨナシュの背に腕をまわして抱き起こす。何度かぱちぱちと瞬きしたあと、ヨナシュは舌足らずな声で沙智に問いかけた。

「……結婚？　沙智……オレクお兄ちゃんと結婚するの？」

あどけない眼差しがとても愛らしい。

彼が「沙智」と口にするとき、少しだけ「チャーチィ」に聞こえる。その「チャー」という響きが愛らしくて大好きだ。

ヨナシュはくりくりとした大きな目でまっすぐ沙智を見つめた。

「ヨナシュくん……」

まだオレクに真実を伝えていない。だから結婚するという返事はできない……。戸惑う沙智の気持ちに気づかないまま、オレクの方が先にヨナに言った。

「ヨナ、まだ決まってないんだ……今、お返事を待っているところなんだよ」

ヨナシュの顔がぱあっと明るくなる。

「えっ、じゃあ、じゃあじゃあ……結婚したら、オレクお兄ちゃんがヨナのパパで、沙智がママになるんだよね」

「ああ……そういうことになるかな」

オレクが少し照れたように微笑する。

「うれしい、ヨナ、オレクお兄ちゃんと沙智と三人家族になれるんだ。とってもとってもうれしいなぁ」

ふわっとほほえむヨナの愛らしい笑みが眩《まぶ》しい。

それを見つめる愛しげなオレクの眼差しも眩しい。

きらきらとした二人の笑顔を見ているだけでも沙智の胸はいっぱいになる。

自分のことをそんなに大切に思ってくれて、家族になれるかもしれないと口にして幸せそうな笑みを見せる二人。彼らへの愛しさ、感謝でどうしようもないほど胸が熱くなり、またポロポロと沙智の瞳から涙があふれてくる。

「ねえねえ、沙智、ヨナのママになって。ヨナ、沙智が大好きだよ。オレクお兄ちゃんとみんなで暮らそうよ」

すがるように言ってくるヨナシュの言葉が胸に痛い。うれしさと同時に真実を伝えることを怖いと思ってしまう自分の気持ちが痛い。

沙智は思わず「う、うん」とうなずいていた。

まだ真実を伝えていないのに。人狼だって言ってないのに。

それを伝えたとき、オレクがどういう反応をするのか、ヨナシュが受け入れてくれるのか。

たとえ人狼であっても、家族として認めてくれるのか。

さっきまで、否定されたとしても、それはそれで受け入れようと思っていたのに、こんなに素敵な笑顔を見せてくれる二人から嫌われるかもしれないのが怖くて、もっと一緒にいたくて真実を口にすることができない。

大切に大切に手のひらにすくいあげた水が少しでも指のすきまから落ちていかないように。

この幸せを失うのが怖くて、ただぐすぐすと泣くことしかできなかった。

2

深い深い森の奥――ドイツとチェコの国境沿いにあるエルベ渓谷の周りに広がる森林地帯に沙智《さち》の生まれ育った小さな家があった。

父親はかつて人間と人狼が共存していた時代にこのあたりの領主だった人狼の子孫で、名をルーカスといった。

母は日本から絵本の勉強に来ていた留学生で、彩香《あやか》という名前だった。

二人は人狼狩りにあって追いつめられ、渓谷から落ちて亡くなってしまったらしい。沙智が十歳のときだった。

『沙智、おまえの父さんも母さんもこの森の土になってしまったよ』

ある日、突然、森の長老からそう言われたが、「森の土になる」という意味を沙智が理解するのにしばらく時間が必要だった。

母は人間だし、父も母と愛しあって人間になったので、本当の意味で森に溶けたのではなく、渓谷に落ちたままでは可哀想だと、森の生き物たちが土の中に埋葬《まいそう》してくれたのだということもあとで長老が教えてくれた。

森の長老というのはミミズクの化身である。

ミミズクはフクロウ科の一種だけど、額に耳のような羽毛が立っているのがミミズクで、何もなくておでこが丸っこいのがフクロウである。

沙智はミミズク先生と呼んでいた。夜行性のせいなのか、昔から人間たちに不気味な生き物として恐れられ、『白鳥の湖』では悪魔ロットバルトにされていた。

中世といわれたころ、このあたりの森では、そうしたミミズクやフクロウの化身を始め、耳と尻尾のある人狼や人狐《じんこ》、夜だけ人間になる白鳥、人間と友達になるおっとりとした性格の黄色いクマ、トロールの化身等々、今では伝説上の生き物とされているものも当たり前のようにたくさん棲《す》んでいた。

人狼は特にその数も多く、人間と共存し、当時は婚姻も重ねていたという。

だが、人間との距離が近すぎたことが仇《あだ》となり、いつしか敵視されるようになった。耳と尻尾がある姿が不吉に見えるせいか、あるいは当時原因がわからないまま狂犬病になった狼が人間を襲う事件が多発したせいか、気がつけば、どんどん滅ぼされ、魔女狩りが盛んだったころに悪魔や魔女としてほとんどが処刑されてしまった。

二十一世紀にはもうこの森には沙智の一家しか存在していなかったとミミズク先生が教えてくれた。

「そうか、パパとママが森の土になったってことは……ぼく……本当に一人ぼっちの人狼になったんだね」

埋葬して森の土になるということはこの世界から消えてしまうことなのだとようやく認識できたのは、両親が亡くなってから数週間が経《た》ったころだった。

(そうか……森の土になっちゃうと……もう会えなくなるってことなんだ)

家のなかには、両親が作り置きしておいてくれた食べ物や庭に生えていたベリー系の果物やハーブがあったので、しばらくは飢《う》えることはなかった。

けれど冬になり、寒さと飢えでどうしていいかわからなくなってきた。しかしなにかをする気にはなれず、一人で暮らすのが淋しくて沙智はただただ泣いてばかりいた。

そんな沙智を見かね、マミンカが訪ねてきた。人間の言葉を話す不思議な子猫のマミンカ。

ミミズク先生のおつかいをしているのだが、彼ももう数百年も生きているらしく、両親がいたころから、時々現れて沙智にいろんなことを教えてくれた。

『マミンカ、沙智の先生になって。世界のことをたくさん教えてくれね。沙智は学校に行っていないいし、お友だちがいないから仲良くしてやって』

そう父が頼んでいたのだ。理由はわからないが、不思議なことに人間になっても人狼の時同様に父はマミンカともミミズク先生とも会話ができた。

『なああ、沙智、冬はいつものようにクリスマスマーケットに行ったらいいよ。パパとママが作ったものをみんなに届けないと。そこでお金をもらって、セーターやマフラーを買ったら寒くないよ』

マミンカは両親がジャムを作っていた地下倉庫の鍵を探してくれた。

家の地下の涼しい場所に、ずらっと並んだ百個ほどのジャム。それからハーブティーの入った小さなティーバッグ。両親は、母が絵を描いたパッケージの瓶《びん》に、森で採《と》れたイチゴやブルーベリーでジャムを作って詰め、摘《つ》みたてのハーブをブレンドしてお茶を作り、毎年、クリスマスマーケットで売っていたのだ。

ハーブティーのパック詰めは、沙智も手伝っていた。

『これはね、沙智のパパとママが今年の冬のために用意していたものなんだ。自分たちと人間界のつながりをなくさないためにクリスマスマーケットに参加しようとして。なにより沙智にも人間とのつながりを作って欲しくて』

ジャムの棚の端っこにちょこんと座ると、マミンカはこれまでの両親の思いを教えてくれた。

マミンカによると、このままだと沙智は両親がいなくなったら一人ぼっちになってしまう。

だからいつか大人になったら、人間と愛しあって、愛を誓って、人間になって家族を作ってほしい。

けれどそれは命がけでもあるから、少しずつ人間社会との接点を作っていかなければならない。まずはクリスマスマーケットに出て、そこがどういうところなのか沙智に教えたい。友だちも作らせたい——と両親は考えていたらしい。

その話を聞いているうちに果てしない淋しさが胸に広がり、ぽっかりと穴が開き、涙が冷たくなってどっと音を立ててそこに溜まっていくような気がした。

人間とのつながりなんていらない。パパとママがいてくれたらそれでよかった。

こんなにたくさん作ったのなら、ちゃんとパパとママが売らないと。

そして、みんなでいつものようにクリスマスマーケットで、たくさんおいしいお菓子を食べて、あたたかなお肉のスープを飲んで、それからプレゼントを交換して……。

(何で……それができないの？　何でいないの？　どうしてどうしてぼくのそばにいないの？　どうしてパパとママがいないのに……ぼくがここにいるの？)

どんどん涙が流れて、どんどん胸のなかが冷たくなっていく。雪の塊《かたまり》を埋《う》めこまれたようだ。それならこのまま雪の森のようにかちこちに凍ってしまいたいと思った。そうしたらもう泣かなくて済むのに。

このたくさんのジャム、ハーブティーには、両親の思い出がいっぱい詰まっている。

ジャムにする果実をいっぱい採ってきたときの父の幸せそうな笑顔、かわいいラベルを描いていたときの母の優しげな笑顔。沙智の大好きな二人の顔だ。

ジャムの瓶やハーブティーのパックを見ていると、このままずっと思い出に埋もれるように、ここで凍ったまま時を止めたいと思う気持ちと同時に、このせっかくの両親の思いを無駄にしちゃいけないという気持ちが湧いてくる。

一生懸命、作っていたのに。ここに置いたままだと、ダメになってしまう。全部、無駄になってしまう。

（そうだ、ちゃんとやらないと。ぼくがやらないと）

淋しいけど……とにかくクリスマスマーケットに行こう。

「ありがとう、マミンカ、そうだね、行ってみるよ。思い出して辛くなるかもしれないけど、パパとママが作ったもの、たくさんの人にもらって欲しいもんね」

沙智は淡く微笑した。

『よかった、沙智、やっと笑ったな』

「マミンカ……ごめんね。ずっと泣いてたね、ぼく。でもがんばるよ、パパとママの思い出があるから。クリスマスマーケット、本当に楽しかったんだよ。ぼくもすごく楽しみにしていたんだ」

『うん、いつもお土産、買ってきてくれたな』

「いっぱいお店があってね。マミンカのお土産を考えるの、すっごく楽しかったんだ」

クリスマスマーケット――といっても夜になると、沙智は耳と尻尾が出てしまうため、マーケットにいられるのは陽が暮れるまでの短い時間だった。

冬、東欧の昼は短い。午後三時半くらいにはもう暗くなってしまう。日暮れの前に、沙智は母と二人で先に車に移動するようにしていた。その間に、父が店を閉めてくる。

昨年それを不審に思った隣の店舗のおじさんが声をかけてきた。

『もっと暗くなるまでいればいいのに。客も増えるし、あんたのところのジャムとハーブティーを楽しみにしている客も多いんだ。奥さんが作るクッキーもケーキもとってもおいしいじゃないか』

『それはありがたいんだけど』

『暗くなってからは教会がライトアップされてきらきらと光って綺麗だし、ツリーのイルミネーションも幻想的だし、聖歌隊の合唱もあって楽しいよ』

『確かに……この子にもツリーを見せてやりたいし、聖歌隊にも入れてやりたいと思うんだけど、どうしても無理なんだ』

父はそんなふうに言っていた。

きらきらとライトアップされた教会。クリスマスツリーのイルミネーション。それから聖歌隊の合唱……。

車の中に入ると、外から沙智の姿が見えないようにとカーテンを閉ざしていたので、それがどんなものなのか沙智はわからなかった。

『いつかね、愛するひとができたら、夜のクリスマスに行けるようになるわ。一緒に、光に包まれた幸せな時間を過ごせるようになるから』

母の言葉は今も忘れられない。

沙智が過ごせるのは昼間だけの短い時間。それでも両親と三人で過ごすクリスマスマーケットはとても楽しかった。

『だから、沙智、今年も行きなよ、クリスマスマーケット。昼間しか出せないけど、ジャムとハーブティーを持って』

マミンカの言葉に、沙智は大きくうなずいた。

「うん、今年もマーケットに行くね。パパとママが残してくれたジャムとハーブティー、ちゃんとお客さんに届けるね」


母が描いた絵が蓋《ふた》になった小さなジャムの瓶。それから同じように母が描いた絵がパッケージになったたくさんのハーブティー。

一人で運ぶのは無理だったので、マミンカが連れてきてくれたロバのおじさんの背に小さな荷車をつけてそこに荷物を乗せて、沙智は御者《ぎょしゃ》のように座り、プラハの街にむかった。

森からは、徒歩だと一昼夜近くかかるので、夜はこの季節は誰も使っていないような、街道沿いの公園の一角で過ごした。

遠くに見える街の明かり。公園に近いマンションの窓からは、ぼんやりとだけど家族で過ごしている楽しそうな一家団欒《だんらん》の姿が見える。

いいなあ、パパとママに会いたいな、そう思うと涙が止まらなくて、このまま死んでしまいたいような気持ちも湧いてきて、結局、あまり眠ることができなかった。

それでも朝、明るくなってくると、両親の最後の作品を届けないという気持ちが湧いてきて、沙智はプラハへの道を急いだ。

両親は主催者とちゃんと契約していたので、今年も広場のいつもの場所に小屋が用意されていた。

プラハの中心地——天文時計の近くにあるティーン教会前の広場の片隅にある、一番有名なクリスマスマーケットの、ちょっと外れた場所の一角。

朝日が雪を照らすなか、それぞれの店舗がその日の準備を始めようとしていた。

(わあ、楽しそう。去年も一昨年《おととし》も楽しかったな)

三賢人《さんけんじん》の人形が置かれた仮設の祭壇の前の柵《さく》の中には、本物のヤギが放たれて観光客からお菓子をもらっている。

甘くて香ばしいチェコのお菓子トルデルニークをくるくると焼いている屋台が何軒か軒《のき》を連ねている間を抜けているうちに、自分が空腹だということに気づく。

「お腹すいたね。そうだ、ロバのおじさん、あとでお水とご飯、用意するから、もう少しがんばってね」

沙智が背を撫でると、言葉がわかるのか、ロバはうんうんとうなずいた。

まわりを見ていると、そのにぎやかで華やかな様子にわくわくしてくる。

二つの塔のある教会の前には、天まで届きそうなほどの巨大なクリスマスツリーが飾られ、仮設の舞台で音響のチェックが行われている。きっと夜になると、ツリーが輝き、舞台には聖歌隊が現れるのだろう。

「さあ、お店の用意しないと」

教会が朝の鐘《かね》を響かせるなか、沙智はロバを店舗の後ろにつないで、水とご飯を用意したあと、木製のシャッターの扉を開けようとしたが、南京錠《なんきんじょう》がかかっていて中に入ることができなかった。

「あれ……ダメだ。開かない」

マーケットでは、参加者それぞれにベッド二つ分くらいの小さな木製の小屋が与えられるのだが、鍵がないと開けられないらしい。

「どうしよう……」

途方に暮れていると後ろから背の高い男の子が声をかけてきた。

「ここは、受付で登録してからでないと鍵をもらえないんだよ」

「えっ、受付?」

ふりかえると、そこにはさらさらとした金髪の、十代後半くらいの男の子が立っていた。

変な喩《たと》えかもしれないけれど、教会の天使のような美しさに沙智は我を忘れたように見入ってしまった。

「どうしたの?」

「あ、いえ……あの……受付って?」

「参加許可証を持って行かないといけないんだ。そのとき、身分証を見せて登録したら、鍵がもらえるみたいだよ」

「参加許可証ってこれ?」

沙智はポケットから小さなカードを出した。父の写真と名前が記《しる》されている、マミンカが探し出してくれたものだ。

「そう、これだよ。ご両親がこれを持って登録に行かないと」

「でも両親……いないから」

「えっ、いないって?」

男の子が驚いたように訊きかえしたとき、タブレットを手にした係員のような女性が声をかけてきた。

「ここの店舗の人？　受付はまだよね？　許可証は？」

「あ、はい、両親が契約していたものが」

「ご両親はどこにいらっしゃるの？」

女性係員はくるっとまわりを見まわした。

「この前、亡くなりました。事故で一緒に。もういません。だから、今年はぼくがここで店をします」

沙智は許可証をさし出した。それを一読すると、女性係員は困ったように肩で息をついた。

「ごめんなさいね、子供だけで営業することは禁じられているの。それに亡くなっているのなら、この許可証は無効になるわ」

「え……」

「代表者が亡くなられているのよね。なら契約はなし。ここも撤去《てっきょ》して、別の人に貸すか、なにか違うことを…」

そんな……。目の前が真っ暗になる。沙智はすがるように訴えた。

「待ってください。パパとママが作ったジャムとハーブティーがあるんです。これ、売りたいんです。今日一日だけでも無理ですか？」

カートにのせたたくさんのジャムの瓶詰めとハーブティー。父と母が懸命に作ったものだ。

それからいっぱい作ったハーブティーは、沙智も袋詰めを手伝った。

「……わかったわ。今年の分は許可証があるなら、お店を開いてもいいわ。ただし、保護者の人と一緒に。代表名の変更手続きをとって。成人なら身分証があれば大丈夫よ。社会的に責任のとれる人が必要なの」

「保護者……いません……成人の知り合い……いません」

「いないわけないでしょう？　親戚は？」

「いえ」

ぼそりと答えると、女性はやれやれと肩で息をついた。

「なら、無理ね。商品を持って帰りなさい」

沙智は目の前が真っ暗になるような気がした。

子供だから店を出すことができないなんて。せっかくここまで運んできたのに、売ることができないなんて。

パパとママが一生懸命作ったのに。マーケットで売るために、一年かけて用意したものなのに。このまま持って帰ることになったら二人の苦労が無駄になってしまう。どうしよう。そんなことはしたくない。思いを届けたい。

それだけを支えにしてきたのに。淋しくても、哀しくても。

唇を震わせ、泣きそうな顔で立っている沙智から女性が視線をずらす。

「ごめんなさいね。私ではどうすることもできないの。運べないのなら手伝いを呼ぶわ。市の職員に頼むわね」

女性が携帯電話をとりだしたそのとき、金髪の少年がさっと彼女の手を止めた。

「待ってください。この店舗、ぼくが保護者代わりとして責任を持ちますので、一日だけ許可をいただけませんか？」

「え……？」

女性は目を細め、彼の頭のてっぺんから足の先までじろじろと見つめた。

「でも……あなたも未成年よね？」

「ええ、たしかに未成年ですが、身分は親族が保証してくれると思います。名前は、オレク・セドラーク。すぐそこに執事もいますし、一応、これはぼくの英国の学校の学生証ですが」

オレクという名の彼は自身の写真入りのカードのようなものを女性に示した。それを見た途端、女性の顔色が変わる。

「セドラークって……伯爵家の末裔《まつえい》の？」

「はい、一人息子のオレクです」

「オレクさまといえば、英国のパブリックスクールに留学中の。ああ、その制服とコート……確かに……」

しどろもどろに言葉を詰まらせたあと、女性は言葉遣いを丁寧なものに変えた。

「わかりました。どうぞご自由に。セドラーク家の方には今回のマーケットにも多額の寄付をいただいていますので、お好きになさってください。一応、この身分証を登録します」

女性はそう言って専用の機械のようなもので彼の身分証を読み取ると、ポケットから鍵を取り出した。

「ではこちらを。オレクさまが責任を持って管理してください」

女性が去っていくと、オレクという名の彼はシャッターを開けてくれた。

「さあ、これで仕事ができるよ」

「わあぁ、ありがとう。夢みたい」

「よかったね」

「うれしい。オレクお兄さん、ありがとう。すごいね」

ニコニコと笑って言う沙智に、オレクは少し肩をすくめて笑った。

「名前だけはね。ぼくの力でも何でもないし、家の名前を使うのは権威的で好きじゃないんだけど……未成年だから仕方ないね。さあ、店の用意をしようか。手伝うよ」

「あの……いいの？」

「ああ。持ってきたもの、売りたいんだろう？」

「うん」

「保護者は誰もいないの？」

「パパとママ、この秋に亡くなって」

沙智がぼそりと言うと、オレクは訊いてはいけないことを訊いたような顔をして謝罪してきた。

「ごめんね、辛いことを訊いて。この秋だなんて、ついこの前のことじゃないか」

「うん、毎日泣いてた」

「そうなんだ、それなのにマーケットにきて、えらいね」

「ママとパパのジャムを無駄にするほうがもっと辛いから」

「そうだね。こんなに素敵なジャムだからちゃんとみんなに食べてもらいたいよね。ラベルも綺麗だね」

「これ、ママの描いた絵と、パパの作ったジャムなんだ。このハーブティーのパックもママが描いたんだよ。今年のクリスマスに売ろうと用意していたんだ」

「そうか、それは絶対に売らないとね。ぼくもがんばるよ」

そして店にジャムとハーブティーを並べると、毎年楽しみにしてくれているお客さんたちがパッと集まってきた。

「このジャム、すごく楽しみにしていたの。おいしくって。パッケージが可愛いから、毎年、瓶を残してコレクションにしているの」

「あら、ジャムもいいけどここのブレンドハーブティーは最高よ。風邪をひいたときによく効くのよね」

「おいおい、風邪だけじゃないぞ。咳《せき》も止まるんだ。薬用成分があるらしくて、俺の息子の喘《ぜん》息《そく》が良くなったんだぞ」

そんなふうに次々と客がやってきて、ジャムもハーブティーも持ってきた分は、昼過ぎまでに全部売れてしまった。

「一気に売り切れてしまったよ。在庫は?」

「もうなくて。パパとママが作った分はこれだけしかなくて。毎年もっとたくさんあった気がするけど」

「そうなんだ」

「あ、そうか。いつもより量が少ないのは、パパとママが作り足せなかったからだ。作りたくても作れなかったんだね」

涙ぐみそうになりながらうつむいた沙智の肩にオレクがそっと手を掛け、慰《なぐさ》めるような言葉をかけてくれた。

「でもすごいね、大人気だったよ。みんな、喜んでくれて、声をかけられるたび、ぼくも幸せな気持ちになったよ。手伝わせてくれてありがとう」

「……本当に?」

顔をあげた沙智に「ああ、とても楽しかったよ」とオレクが微笑する。

きらきらとしたひだまりのようなあたたかな笑みに、沙智はひさしぶりに胸の底が冷たくなっていないことに気づいた。

胸に溜まっていた雪の塊のようなものが少しずつ溶けていく。その代わり、同じ場所で甘いはちみつ入りのシュークリームがふわっと溶ける気がした。

「ありがとう、オレクさま。そう言ってもらえて……天国のパパとママも喜んでくれていると思う」

この人と出会えてよかった。優しくて素敵なだけでなく、一緒に楽しくなったり、幸せを感じてくれる人がいるのは、それだけで普通の何倍も幸せになるのだと初めて知った。きっとパパとママが天国から応援してくれているのだろう。

「あ、でも、喘息に効くハーブティーがあったのなら欲しかったな。ぼくも買えばよかった」

「オレクさま、病気なの？　喘息の薬、欲しいの？」

沙智は驚いた顔で声をかけた。ハーブティーに使っていたエルダーフラワーのオリジナルの茶葉……。在庫があったはずだ。

「いや、ぼくじゃなくて、姉が喘息を持っていて……このあたりの気候とアレルギーが原因のものみたいなんだけど、体質的に自然由来のハーブしかダメなんだよ」

「そうなんだ」

「あ、それはともかく、これだけど」

オレクはユーロ札を束《たば》ねたあと、ずっしりと溜まった硬貨を数えた。

「この硬貨は両替するね。紙幣にしたほうが軽いから」

自分のポケットから財布を出すと、オレクはユーロ札と硬貨を両替した。

「なくしちゃダメだよ。マーケットにはたくさん泥棒さんもいるから気をつけてね」

オレクは沙智の上着の内ポケットにユーロ札を入れた封筒をしまった。

「オレクさま、あの、働いた分のお金、もらって。半分はオレクさまに」

「いや……ぼくは楽しませてもらったから十分だよ。それは全部きみのものだよ。きみのご両親が残してくれたものだ。きみが生きるために、そう、未来にむかって生きていくために使わないと」

「生きるために――――？」

未来にむかって生きていく。その言葉に強く胸が打たれる気がした。何だろう、これまで感じたことがない不思議な力のようなものが全身に広がっていく。

未来――両親は言っていた。人間と愛しあってほしい、と。このお金はそこにむかうための大切なもの。

「そうだね。大切にする。未来のために使うね」

「そう、生きるために使うんだよ」

「約束する。本当はパパもママもいなくてどうしていいかわからなかったけど、今のオレクさまの言葉で、ぼく、未来にむかって生きようと思った。勇気が湧いてきた」

するとオレクは目を細め、少し遠くを見つめたあと、沙智の肩に手をかけた。

「ありがとう、きみのおかげで、ぼくも勇気が持てたよ」

「……あなたも？」

「お父さんとお母さんの残したものを懸命にお客さんたちに届けようとする姿……ぼくもいっぱい勇気をもらったんだよ、がんばって生きないと……と」

オレクの言葉の意味がすぐには理解できず、沙智はかすかに小首をかしげた。なにかあったのだろうか。生きているのが辛いと思うようなことが彼の身にも。

「感謝している。きみみたいに、ぼくも前向きに生きていくよ」

「うん……よくわからないけど……あ、そうだ、じゃあ、これ」

沙智は一つだけとっておいたジャムをオレクに渡した。

「とってもおいしいジャムなんだ。おいしくておいしくて、オレクさま、これ、食べたら、いっぱい元気になるよ」

ふわふわと純白の雪が降ってくるなか、沙智がジャムの瓶を差し出すと、オレクは優しくほほ笑んだ。

「きみ、とっても優しいんだね。ご両親がいなくなって心細いはずなのに、他人のことを心配したりして」

オレクは沙智の手をつかんだ。そのとき、ふっと彼が眉をひそめた。

「ごめん、気づかなくて。こんなに冷たい手をしていたんだね」

切なそうに呟き、オレクは地面に膝をつくと、沙智に目線を合わせ、手にそっと息を吹きかけてくれた。

「あ……あたたかい、ありがとう」

「ごめんね」

「どうしてオレクさまが謝るの？」

「あたたかくできたのに気づかなかったから。今からでもいいなら、ジャムのお礼にプレゼントしていいかな」

「え……」

「ちょっと待って」

オレクは隣の店舗に行き、ふわふわとした白いミトンの手袋とかわいい帽子を買って、沙智に手渡した。

「はい、クリスマスプレゼント」

「いいの？」

「ジャムのお礼。それからこれね。まだ下ろしたばかりのものだからこっちもクリスマスプレゼントに」

自身が首からかけたチェックのマフラーを外して、沙智の首にかけてくれた。

「……もらっていいの？」

「もちろんだよ」

「嬉しい」

なんてあたたかくてなんてやわらかな生地なのだろう。手袋も帽子もふわふわとしてとても優しい肌触りだ。

雪がさらに強く降ってくる。ティーン教会の塔は青くライトアップを始めた。そろそろ月が見えるころだ。いけない、もう行かなければ。人狼だってことがバレてしまう。

「あ、そうだ、オレクさま、それからこれももらって。ハーブティーにブレンドしているものだけど、これだよね、必要なハーブって」

沙智はどんな病気にも効くという森で採れる特別なエルダーフラワーのハーブをつめた袋をとりだした。ここで売っているものはこれをブレンドしたものだったが、この袋には現品が入っていた。

「これ……そうだけど……ものすごく貴重なものじゃないか」

「お姉さんに飲んでもらって」

「あ、ああ、姉の主治医に渡して調合してもらうよ。でもどうやってこれを。これってエルベ渓谷の奥の方にしか咲いていないんじゃ……」

「うん、とってもめずらしいんだ。普通のエルダーフラワーと違って、一年中咲くから、定期的にパパとママが摘んで、いつもマーケットのために用意してたんだ」

「そうなのか。これは……ぼくの父も探しに行ったことがあるんだけど、結局、たどり着けなくて」

「あ、じゃあ、ぼく、もっと採ってくるよ。昔、父さんが採りに行っていたんだけど、咲いているとこ、知ってるから」

「遠くて危険なところだって聞いたよ。野生動物も多いし……」

「うん、崖《がけ》の下にある河原に咲いているんだ」

「やはり……そうだったのか」

オレクは顔を引きつらせた。

「やはり？」

「父がね、今年の秋にこれを採りに行って大怪我をして帰ってきたんだけど」

「じゃあ、待って、確か怪我に効くハーブもあって」

「いや、父はその怪我が元で亡くなったんだ。だからもう必要ないんだ」

もしかすると、さっき、オレクさまが言っていたのはそのことかもしれない。前向きに生きていかなければと思ったという言葉の意味。

「あ、じゃあ、お姉さんにだけでも、今の季節は雪が積もって無理だけど、春になったら、もっと採ってくるから」

「ダメだ、これだけでいいから。その断崖《だんがい》は夏でも雪が積もっているところもあるし、濃霧も発生しやすい。きみが行くのは無理だよ」

「でも……」

「昔、父は狩猟のプロたちと一緒に行ったんだけど、それでも無理だった。あの谷は大掛かりな開発でもしないかぎり人が入ることはできないんだよ」

「だけど……ぼくのお父さんは……そこに行って」

「そうだね、摘んできたなんてすごいね。それでも……いいよ、命に関わることだから子供に頼むことはできない」

「ぼく、行くよ。オレクさまのお姉さんが元気になるなら」

「ダメだ。行かなくていい。でも場所を教えてくれてありがとう。今度、医師に相談してみるね。ちゃんとした業者と相談するから」

そうして話をしているうちに、教会の楼《ろう》から午後三時の鐘が鳴り響いた。

沙智はハッとした。もうこんな時間。あと少しで暗くなる。そうなったら、沙智の耳と尻尾が出てしまう。

「あ、ぼ、ぼく、行かないと」

沙智はあわててオレクに背を向け、ロバの鎖をはずし始めた。

「行くって？　待って、ぼくの屋敷でご飯でもと思っていたんだ。家族がいないなら、なにかぼくができることを。きみの事情を聞いて……」

「ごめんなさい、急いでいて。じゃあ、また。本当に本当にありがとう」

沙智はロバを連れてあわててクリスマスマーケットの広場をあとにした。

急がないと。人間に姿を見られたら大変なことになる。

歩ける範囲に限界があるので、沙智はその日は、少し離れた場所にある丘の上の墓地に向かった。

以前からもしものことがあったらそこに行くようにと両親から言われていた場所だった。

丘の上の教会の横にあるヴィシェフラット墓地。

ミュシャやスメタナ、チャペックという有名人の墓があることで観光客に人気だが、雪の降る季節に行くものは殆《ほとん》どいない。その周りを取り囲んでいる木々の間に小さな休憩所があるので、そこで一晩を明かすことにした。

「うん、ここなら大丈夫だ」

すでにあたりは暗くなっている。

月が出る時間帯だ。沙智はオレクがくれた帽子で耳を隠し、コートの裾《すそ》で尻尾を隠して、ロバを抱きしめるようにしてその場にうずくまった。

しんしんと冷えこむ一人ぼっちで過ごす雪の墓地。人間なら凍死してしまう寒さだが、狼の血を引いているので沙智にはそこまで寒くはない。

それでもはらはらと雪が降り、呼吸をするたび、白い息が出てしまう。

そんな中、マフラーから漂う甘いコロンの香りに沙智はふわりと口元に笑みを浮かべた。とても幸せな時間だった。彼のおかげで両親が残してくれたジャムやハーブティーを売ることができた。

彼がいてくれたので、両親の気持ちを無駄にしないで済んだ。明日は、彼がポケットに入れてくれたお金で食べ物を買って森に帰ろう。

オレクがくれたマフラーにくるまりながら沙智は天国にいるような気持ちで眠りについた。優しい香りがとても心地いい。

こんなにもあたたかな気持ちになれたのは両親が亡くなってから初めてだ。

（とても幸せだった。また会えるかな）

オレクとはただそれだけ接したに過ぎない。けれど沙智にとっては夢のように幸せな出来事だった。


森に戻ると、冬の間、沙智は父の残したノートを頼りに、ジャム作りやハーブティー作りを覚え、大人になったらクリスマスマーケットでそれを売ろうと思って勉強を始めた。

エルベの森の奥の渓谷の果てでしか採れないハーブや果実の数々。同じイチゴやブルーベリーでも、このあたりで採れるものは他の地域のよりもずっと甘くて蕩《とろ》けるような優しさがあった。

ハーブもこの森にしかない素晴らしいものがあった。青い花のハーブを煎《せん》じて飲めば、熱病に効くという。それにここに咲くラヴェンダーの花は、どんな怪我も治してしまうというのがわかった。

普通の月夜は耳と尻尾が出るくらいだが、満月の夜の一日だけ、沙智は狼の姿になることができる。

その夜になると、沙智は渓谷を飛び越えて谷まで降りて、そこにしか生えていないいろんな花を集めることにした。

(人狼でよかった。人間には行けないところに行ける)

たくさん集めて、オレクさまの役に立ちたい……そう思い、彼が姉のために欲しいと言っていた希少《きしょう》なエルダーフラワーを見つけ、採ってくるようにした。

そんなことができるのは、狼に変身できる人狼しかいない。

人間の世界にあるエルダーフラワーも万能の薬箱と言われているが、エルベ渓谷にあるものはさらに甘いマスカットに似た香りがして、人間の気管支の病気を治してしまうらしい。といっても、すぐに治るわけではなく、定期的に飲み続けることで少しずつ改善され、気がつけば治っているのだ。

昔は人狼たちはそうして薬を作り、人間たちと共存していたとか。

（病気のお姉さんに……薬草を届けることしかできないけど……）

彼に会えなくてもいい。彼の大切な姉の病気を治すお手伝いができればそれだけでいい……。

『沙智、狼の血を引いているのがわからないようにしなければダメよ。人狼狩りにあわないように』

母からはくれぐれもそう言われていたが、どうすればバレないで、そっとハーブを届けることができるだろう。

思案していると、マミンカが声をかけてきた。

『沙智……そんなにオレクさまが好きなのか？』

「うん」

『オレクさま、沙智のこと愛してくれないかな』

「いいよ、そこまで。恩返しがしたいって気持ちだけなんだから」

沙智は笑顔で答えた。

『そのオレクさまって……このあたり一帯の土地を持ってる元伯爵家の若さまだよな。綺麗で人望があって……有名だよな』

「オレクさまのお姉さんの病気にこのエルダーフラワーがいいみたいだから、定期的に届けたいんだけど、どうしたらいいかな」

『それならチェフ先生に相談しろよ』

「チェフ先生?」

『おまえのお父さんの親友だ。人間だけど、お父さんが人狼だということを唯一知っている人とかで、いつも薬草用ハーブは彼に買ってもらってたんだ』

「チェフ先生ってお医者さん?」

初めて聞く。人間にも理解してくれる人がいるとは聞いていたけど。

『そうだ、元伯爵家の主治医も務めている。プラハに行く途中にある、エルベ川沿いの街の病院だよ』

プラハとエルベ渓谷の間のあたり一帯は元伯爵家所有の葡萄《ぶどう》畑が広がっている地域だ。オレクの姉は、そこにある邸宅で暮らしているらしい。

『沙智のお父さんから、自分たちになにかあったあと、沙智が困ったときにチェフ先生のことを教えてやってくれって言われていたんだ』

知らなかった、父に人間の友達がいたなんて。

「ありがとう、マミンカ、いいこと教えてくれて」

顔をほころばせ、沙智は思いきりマミンカを抱きしめた。困った顔をして、沙智の腕のなかからマミンカがするりと飛び出す。

『ちょっ、痛いよ、沙智。そんなに興奮するなよ』

「だって嬉しいじゃないか。オレクさまに恩返しができるんだから」

『本当にオレクさまが好きなんだな』

ニコニコと笑うマミンカに、沙智は少し首をかしげた。

「好きというものが何なのかわからないけど……ずっと人間ではいられないから、会うのは無理だけど……せめて何かできたらって」

『じゃあさ、沙智、人間になったら、オレクさまの恋人になりたいの？』

「恋人って？」

『沙智のパパとママみたいな関係だよ』

「あ、でもぼくもオレクさまもオスだから家族にはなれないよ」

『ハハ、沙智、人間の世界ではオス同士でも結婚できるんだぞ。交尾して子孫を作らなくても愛しあっていれば家族になれるんだ』

それは初めて知った。

「すごいなあ。じゃあ、ぼく、人間になったら、オレクさまと家族になりたいな。でも……そんなの夢のような話だよ。絶対、無理だから、ハーブを届けて病気のお姉さんが元気になってくれたらそれでいいよ」

『おまえ、健気《けなげ》で可愛いな。沙智は、俺が数百年生きてきた中で会った生き物の中で、一番大バカなお日さま野郎だ』

「えっ…健気で可愛いのに……ぼく、大バカなお日さまなの？」

『褒《ほ》め言葉だよ。人狼ってそうなんだよな。沙智はその典型……。汚いとこ、何も持ってなくて、バカだなーと言いたくなるような、お日さまみたいな性格だって』

「マミンカの言ってること、難しくてわかんないよ」

『まあいい、とにかくチェフ先生のところに行けばいいよ。彼は人狼に理解のある人間だから。お父さんの日記に彼とのことがたくさん書かれている。行く前に読んでおくといいよ』

マミンカは笑みを浮かべ、沙智の頭を肉球でこんこんと軽く叩いた。

小さいのにマミンカは賢いな、すごいな。パパとママがいなくて淋しいけど、マミンカがいてくれてよかった。

そんなふうに思いながら、沙智はチェフ先生のところに持って行くハーブを選別し始めた。


本当はオレクにも会いたい、もう一度、せめて一日だけでも。けれど……それは容易ではない。それでも自分にできることをしよう。

そう思い、沙智は父の日記を読み、いろんなハーブの調合方法を勉強し、さらに、人狼たちがこれまでどんなふうに暮らしてきたか、そこから読みとっていった。

父が日記をつけていたのは、自分たちにもしものことがあったとき、沙智がどうやって生きていけばいいか、道しるべになるようにとの思いからだったようだ。

マミンカに日記の場所やハーブの場所の説明をしておいたのも、そうした事態を考えてのことだろう。

（ありがとう、パパ。おかげで、ぼく、一人でもちゃんとこの世界で生きていけそうだよ）

淋しくないといえば嘘になる。今もふいに哀しみがこみあげて身体のなかが冷たい空気でいっぱいになる。

できれば、両親とマミンカとみんなで楽しく暮らしたかった。

けれどそれはもうできない。あまりの喪失感に、きゅっと胸が引き絞《しぼ》られそうになるけど、そんなとき、いつもオレクの言葉が耳の奥に響く。

『未来に向かって生きていくために……』

約束した。あのとき、オレクさまと。未来に向かってちゃんと生きていく。勇気を持つと誓った。

それを思い返すと、冷たい空気が少しずつあたたかくなり、彼の笑顔と同じようなひだまりのあたたかさに包まれた気分になる。

そして思うのだ。

両親が残してくれたものをどう自分の人生に役立てていくか考えること。それこそが未来に向かって生きていくということではないか——と。

あのクリスマスマーケットで会ったとき、オレクが言っていた言葉の意味が沙智にもようやくわかるような気がした。


「こんにちは。とってもいいハーブを持ってきました。これ、使ってください」

冬が終わると、沙智はチェフに渡すため、エルダーフラワーを始め薬効成分のあるハーブをまとめて病院を訪ねた。

オレクの姉の主治医のチェフは、父とはとても親しい友人だったようで、父がよくハーブや果実を届けていたようだ。

父はいつも彼の存在に感謝していた。

——チェフのおかげで人間社会とつながりが持てる。彼がハーブを買ってくれるので息子に本や衣服が用意できる。だが私と交流していることがわかると、彼は逮捕されるかもしれない。いや、迷信深い人々に悪魔の仲間だと勘違いされ、迫害される可能性もある。それなのにチェフはとても親切にしてくれる。だからこそ親密な交流は避けなければ。ハーブを届けるだけにしなければ。彼に迷惑をかけないように。

父の日記にはそう書かれていた。

父が人狼だということを唯一知っている彼は、沙智がどういう存在なのかも知っていた。

「驚いた、よく来てくれたね、ルーカスの息子の沙智くんか」

すごく優しそうな笑顔にホッとする。緊張感が一気になくなり、沙智も自然と笑みを浮かべていた。

「初めまして」

「さあさあ、中に入って。エルベの森からここまで遠かっただろう?」

チェフは快《こころよ》く迎えてくれた。父と同じ世代の、プラチナブロンドの長めの髪を後ろでまとめた綺麗な風貌の男性だった。

「あの……これ、役に立ちますか?」

「ああ、もちろんだよ。きみのお父さんしか手に入れることのできない貴重なハーブなんだ。きみもどこにあるのか知っているんだね」

「はい、時々しか採りに行けませんが、採りに行くことは可能です」

「では、定期的に届けにきてくれるか? 実は……これを必要としている患者がいて」

「それってオレクさまのお姉さんですか? セドラーク家の」

「あ、ああ、知っているのか?」

「クリスマスマーケットで親切にしてもらったことがあって。もちろん、オレクさまはぼくの正体を知らないので、それ以来、会ってはいませんが」

「そうなのか。確かに、これがあれば彼女の病気は随分よくなるだろう」

ああ、よかった。それならがんばらないと。

「なら、ぼく、どんどん採ってきます。だからどうかオレクさまのお姉さんを治してあげてください」


それから年に数回、沙智はチェフ医師のところにハーブを届けることになった。ハーブが功を奏したらしく、オレクの姉は少しずつ体調が良くなっていったらしい。

オレクには沙智のことは黙ってもらっていた。

チェフが人狼と知り合いで、そこからハーブを手に入れているとわかると迷惑がかかってしまうからだ。

オレクの姉は、その後、結婚して男の子ができたそうだ。

それでも毎年、沙智はエルダーフラワーを始め、薬効成分のあるハーブを選別し、乾燥させてチェフのところに届けると決めていた。

自分の仕事……というものになるのかわからないが、チェフからその代金をもらい、本や衣服、食べ物を買うのが沙智の習慣になっていた。

そして気がつけば、沙智は十八になろうとしていた。

十八歳は、チェコではもう成人にあたる。

「沙智、オレクには、森の人間が売りにきてくれると伝えているが……本当に自分の正体を明かさなくていいんだね」

「オレクさまのお姉さんが良くなったら、それでいいんです」

沙智はにっこりと微笑した。

「それに……どのみち、ぼくは……人間の社会では生きられないので」

「たった一人の生き残りか。森でずっと暮らすのは寂しいだろう?」

「猫のマミンカがいます。だから淋しくないです。それから、こうしてハーブを届けることができて、ぼく、幸せです。自分にできることがあるのって素敵だなと思います」

「そうだね。大いに役立ってくれているよ。エルダーフラワーだけでなく、きみが届けてくれる良質のハーブのおかげで、病気が良くなっている人間がたくさんいるんだ。人間が普通には採りにいけないところのものも」

「ええ、人狼でよかったです。満月の夜なら、どんな谷にも行けるんです。それに良質のハーブがたくさんあるのはエルベの森の自然が素晴らしいからです」

「それもあるけど、きみの管理方法や乾燥方法が優秀だからだよ。今からだってメディカルハーブ専門の調剤師を目指したらいい。人狼だとバレないようにさえすれば」

その言葉に、沙智は驚いて目をパチクリさせた。

「えっ、もしかしてぼくにもできる仕事があるんですか?」

「その気になったら相談にきなさい」

相談か。

確かに人間社会で働けるようになったほうがいいかもしれない。

最近、エルベの森は野生の熊や狼が増え、観光客が襲われる事件が多発したため、森の一部を伐採《ばっさい》して、人間が安心して過ごせるリゾート建設の話が持ちあがっているらしい。そうなったらハーブのある渓谷のあたりもいずれリゾート用のキャンプ地になるとか。

「森がなくなったら、ぼくの生きていける場所がなくなるよね」

マミンカに言うと、彼も憂鬱《ゆううつ》そうにため息をついた。

『沙智は、人狼の唯一の生き残りだからな』

「チェフ先生はハーブの薬剤師になるなら相談に乗るって言ってくれてるけど」

『それはいいね。でも……沙智、夜になると耳と尻尾が出るし、満月の夜は狼になっちゃうから、そう簡単には人間社会で働けないよ。よっぽど理解してくれる人がいないと』

「そうだね」

『沙智が人間になるには、お父さんのように、人狼だと知った上で愛してくれる相手と巡り合わなければ……』

「そんな人とどうやって会うの?」

『沙智、好きなひとはいないのか?』

「もちろんいるよ」

『それって……オレクさまだよな?』

「うん……」

いつもオレクのことを思い出すと、胸の奥がきゅんきゅんする。

「オレクさまが喜ぶから、お姉さんのため、届けているんだ。お姉さん、四年前に結婚して、子供もできたって聞いたけど」

『そのお姉さんなら、先週、事故で亡くなったよ』

「え――――」

マミンカの話では、先週、オレクの姉夫婦が森で事故にあって亡くなってしまったらしい。そしてオレクがその忘れ形見をひきとることになったとか。

姉はハーブのおかげで二十歳を過ぎてからは気管支が悪くなることはなかったが、その忘れ形見も姉同様に胸が悪くて、夜中になると発作的に咳をするらしい。

それもあり、姉は夫とともにエルベの谷でエルダーフラワーを探そうとした。姉の夫が北欧に転勤することになり、容易にチェフのところに通えないので、エルベのエルダーフラワーを根っこから採って、自分たちで育てるつもりだったとか。

『でもあの谷の崖にある花は狼にしか採ることができない。姉夫婦はその前に崖から谷底に落ちたようだ』

何という痛ましいことか。確かオレクの父親も花を探しに行ったときの怪我が原因で亡くなったはずだ。

「……ひどいよ……ひどい話だ」

急にこみあげてくるものがあり、沙智の眸からぼろぼろと涙が流れ始めた。

『うわっ、どうしたんだ、沙智、急に泣いたりして』

「だって、オレクさまのお父さんもお姉さんも……大切な人のために花を採ろうとして……それで命を散らしてしまったんだよ。そんな哀しいことないよ」

『……でもあそこは……本来、人間が立ち入ってはいけない神聖な場所だから』

マミンカはため息をついた。

「神聖な?」

『そう。あそこには、昔、人狼たちの楽園があったんだ。俺が生まれる前だから、いつのことかわからないけど、あのあたりは、昔はあんな渓谷じゃなくて、なだらかな森の一部だったそうだ』

「ええっ、そうなんだ」

『ああ。人狼たちが平和に暮らしていたんだよ。でも、人間たちが彼らの作る薬草を奪おうとして、彼らを襲って……』

マミンカの話によると、そのとき、大勢の人狼たちが無実の罪で捕まり、悪魔の使いとして火刑《かけい》に処されたらしい。魔女狩りが盛んだった時期だ。

人狼の王は一族を守るため、神に自《みずか》らの命を捧《ささ》げた。

そして王が亡くなった瞬間、大地が割れ、深い渓谷ができた。

人狼が狼の姿になったときにしか採りに行くことができず、人狼が人間の姿になったときにしか管理することができない特別なハーブ。

『あの花の生ハーブは取りあつかいがとても難しいんだ。採った本人が乾燥させないかぎり、乾燥することなく、枯れて腐ってしまう。つまり人狼のための薬草なんだ。今では沙智しか作れない』

「なら、オレクさまのお姉さんもお父さんもできないことをしようとして死んだんだね。じゃあ、ぼく、採れるだけ採って、乾燥させて、彼の甥っ子くんのために届けないと」

『それ、いい考えだな、沙智。きっと喜んでくれるよ』

「うん、そうだね、がんばるよ」

沙智は急いですべてのハーブを集めて、最近、オレクが住むようになったというプラハにむかった。

主治医のチェフもプラハにいるという話を聞いたからだった。

朝一番のバスに乗って一時間半、彼が住んでいるプラハ郊外の屋敷に到着した。

（ちょっと……早すぎたかな）

うろうろしていると、目の前に一台のタクシーが停まった。携帯電話で話をしながら、一人のすらりとした美人が降りてきた。

肩まであるクセのない金髪、緑の眸《ひとみ》、絵本の中に出てきそうな綺麗な女性だった。

「……セドラーク家の前に着いたわ。これから二次面接よ。私にベビーシッターができるか不安だけど」

ベビーシッター？

オレクの甥っ子のためのベビーシッターを募集しているのだろうか。

「この前の一次面接のとき、うまく子供に気に入られたみたいよ。このまま採用されたら、オレクと結婚するのも夢じゃないわね。アドバイス、ありがとう、シモナ」

女性は電話の向こうのシモナという相手に向かって楽しそうに話していた。

彼女の会話から、やはりオレクが甥っ子のためにベビーシッターを募集していることがわかった。募集しているのは、彼の姉の忘れ形見のシッターだろう。

（そうか。このひと、オレクさまと結婚したいのか）

この女性とオレクなら、絵に描いたような美男美女になるだろう。上等そうな青色のワンピースに、焦《こ》げ茶色のバッグとヒール。肩からさらっとかかったストールもとても綺麗でキラキラしている。

一方の沙智とくれば、くたくたのネルのシャツにくたくたのズボンを身につけた見すぼらしそうな風情《ふぜい》をしている。この屋敷のなかに入るのも憚《はばか》られるような格好だ。

「あら、やだ。路上で生活しているような子がこっちを見ているわ。気をつけないと。この辺り、高級住宅街のはずなのに治安が悪くなったものね」

沙智の視線に気づき、女性が不愉快そうな口調で言う。

「大丈夫よ、シモナ。甥っ子といっても、病気持ちみたいだし、そんなに長くないかもしれないでしょう。私がオレクさまの子供を産んだら、その子が跡を継ぐことになるわ」

その言葉にハッとした。

この女性はオレクの甥っ子に悪意を抱いているのだろうか。

「あっ、噂をすれば影ね。ちょうど甥っ子が外に出てきたわ。猫と遊んでいるみたい。じゃあ、またね」

彼女の視線の先を見れば、裏口から出てきた小さな男の子があたりをキョロキョロ見ている。可愛いイラストが刺繍《ししゅう》されたモコモコのセーターを着ている。まだオムツをしているのだろう、お尻のあたりがパンパンしていてとても可愛い。

彼は猫を追いかけて外に出てきたらしい。

(あっ、マミンカ……あんなところに)

甥っ子が追いかけている猫はマミンカだった。いつのまにプラハにやってきたのだろう。それにどうして彼がこんなところにいるのか。

沙智が不思議に思っている間に、女性が近づいていく。

「ヨナシュくん、ダメじゃない。こんなところに出てきたら危ないわよ」

さっきまでとは違う優しい口調。ヨナシュと呼ばれた男の子は、あどけない口調で言った。

「ニャンコ……とっても可愛い真っ白で小さなニャンコちゃん、どこですか？」

「小さな猫なら、さっき、あっちに逃げていったわよ」

彼女がそう言ったとき、ヨナシュが道路を横切ろうとした。

「ニャンコちゃん、ニャンコちゃん」

たどたどしい足取りでヨナシュが道路に降りたそのとき、向こうから車がやってきた。ちらりと一瞥《いちべつ》してそのことに気づきながらも、彼女は「さあ、追いかけなさい」とヨナシュの背を押した。

その口元がふっと笑みを刻んだのにハッとした瞬間――――。

「危ないっ！」

無意識のうちに身体が動いていた。狼の本能のおかげか、信じられないほど素早く走り、沙智は車にぶつかりそうになったヨナシュを抱きあげた。

そしてそのまま庇《かば》うように彼を抱きしめ、沙智は舗道に転がり込み、ちょうど女性の足にぶつかってしまった。

「きゃっ」

その反動で彼女も一緒に転び、三人がおりかさなるように倒れこんでしまう。

「やめてっ、何するのよ！」

彼女の大声が辺りに反響し、邸から警備員が飛び出してきた。

「お嬢さん、どうしたのですか」

「こ、この子が……この汚い子がいきなり襲いかかってきて。きっと泥棒よ」

「えっ……待って、ぼく、なにも」

「あ、いいえ、違う、泥棒じゃないわ、誘拐しようとしたんだわ、きっと。ヨナシュくん、お金持ちだから」

誘拐――――？

突然のことに沙智は頭が真っ白になり、硬直した。

確かにそう見えなくもないシチュエーションだ。

豪奢《ごうしゃ》なセドラーク家の裏門の前、地面に倒れこんだ彼女、その上にのしかかるようになっているヨナシュと自分。ヨナシュはショックで意識を失っている。

「お、おいっ、おまえ、誘拐犯なのか。警察に突き出してやる」

警備員が大声をあげる。

「早く、ヨナシュさまを離すんだ、このガキがっ！」

大柄の警備員が沙智の肩に摑みかかろうとする。

「え……あ……」

どうすればいいのか。誘拐なんてする気はない。もちろん泥棒ではない。

今はなによりも意識を失っているヨナシュを早く介抱《かいほう》してもらいたいのだが、どう説明すればいいのか。

「どうした、何の騒ぎだ」

そのとき、裏口から出てきた人影を見て、沙智は息を止めた。騒ぎを聞きつけたのか、オレクが外に出てきたのだ。

「この小汚いやつが彼女に襲いかかって、ヨナシュさまを誘拐しようとしたみたいです。それでヨナシュさまが怪我をされて失神して」

「何だって。すぐにヨナシュを部屋に戻そう。その子のことは警察に任せて」

なつかしいオレクさま。オレクさまだ、ああ、オレクさまだ。

どっと胸の奥から慕《した》わしさや切なさがこみあげてきて、今の自分の状況も忘れ、沙智は目をみはって彼の姿を見あげた。

焦げ茶色の上着に同色のズボン。それからネクタイ。上品な雰囲気が漂う。

さらさらとした金髪も空色の眸も以前と変わらない。けれどどうしたのか、表情は冷たく、感情のようなものがまったく見えない。沙智に対してもあのときとは違う眼差しを向けている。

クリスマスマーケットで一緒にジャムやハーブを売った子供だとは気づいていない。

「あの……ぼく……」

「いいから、ヨナシュから離れろ」

沙智の腕をつかみ、オレクが身体をひきあげようとする。

そのとき「待って」とヨナシュが声をあげた。

「待って……オレクお兄ちゃん……その小さなお兄ちゃん……襲ってないよ。お姉ちゃんがぼくの背中をドンとしたら……車が来て……お兄ちゃんが助けてくれて」

「え……」

「小さいお兄ちゃん、助けてくれたんだ」

「何だって」

オレクが鋭い目で彼女を見つめる。あわてた様子で彼女は立ち上がると、泣きそうな顔で首を左右に振った。

「そ、そんなことないわ、私、そんなことしてないわ。その子が誘拐を」

「違う、違うよ。このお兄ちゃん、助けてくれて」

ヨナシュが沙智にしがみつく。

「わかった。真実を確かめよう。防犯カメラを見ればいいだけだ。ヨナシュの言葉が事実だったときは警察に連絡する」

オレクの言葉に、彼女は「え……」と顔を引きつらせたあと、門のところに設置されたカメラを見上げ、突然、態度を豹変《ひょうへん》させた。

「待ってよ、私がうっかりふらついてヨナシュくんを押してしまう結果になっただけよ。そうしたら男の子が現れて。身なりが悪いから泥棒と勘違いしただけ。もういいわ、とにかくベビーシッターは辞退します」

彼女はパンパンとスカートの埃《ほこり》を払うと、くるりと背を向けてトラムの駅の方向へと歩き始めた。

カツカツとハイヒールの音が石畳《いしだたみ》に響くなか、沙智は呆然と彼女の後ろ姿を見ていた。そんな沙智にオレクが静かな声で話しかけてくる。

「すまなかった、警備員が乱暴をして。ヨナシュを助けてくれたんだね」

ヨナシュを片手で抱き、すまなさそうに言うと、オレクは地面に座り込んだままの沙智に手を伸ばしてきた。

「あ……あの」

「よかったら、うちでお茶でもしていかないか」

「えっ……あの……いえ」

「さあ、入って。遠慮せずに。きみにお礼がしたいんだ」

「え……はあ」

「そうだ、どうせならランチを一緒に食べよう。いいね」

「ランチ……ランチって、お昼ごはんのこと？」

「そうだよ。うちのグラーシュを食べて行ってくれ」

「わああ、それ、お肉のシチューの？」

「そう、好き？」

「グラーシュ、食べたことないです。でもきっと好き」

「そうなんだ、あ、じゃあ、ほかになにが好きなの？」

「一番好きなのは、トルデルニーク。それからはちみつの入った生シュークリーム」

「それはお菓子じゃないか。他には？」

「あ、フランスパンの上に、ベーコンや卵が乗ったのとか、ハムとポテトとチーズの乗ったのとか」

「ああ、ラフードニキね。用意させるよ。だから、一緒に食べよう」


うわ、どうしよう、どうしよう。いきなりオレクさまの家に入ることになるなんて。

でもいいのだろうか。本当にランチも一緒に食べるなんて。主治医のチェフ先生を見つけて、ハーブを渡すためにやってきただけなのに。

頭の中が真っ白になったまま、沙智は使用人に大きなソファのある応接室というところに案内された。

マミンカの姿はない。さっき、確かにマミンカがいた気がしたけど。

「ここに座って少しお待ちください。今、お茶を用意しますね」

こんなところに座っていいのだろうか。おずおずと腰を下ろした沙智は、いきなり身体が深く沈みこみ、「うわっ」と声をあげて立ちあがった。

何なのだ、椅子がふわふわして身体がすぅっと沈んでしまう。だめだ、慣れないところに座るのはやめよう。

沙智は暖炉の前に移動し、ふかふかの絨毯《じゅうたん》に腰を下ろした。煉瓦《れんが》に囲まれた赤々と火が燃えている暖炉。こっちのほうが落ち着く。狼の子供みたいにその前に座って丸まる。うん、このほうがずっと馴染む。

「あの……こちらに座ってください。お茶を用意しましたので」

お茶を運んできた女性の使用人がひどく困惑した様子で話しかけてきた。

「いえ、その綿帽子みたいな椅子よりも、ぼく、こっちのほうが楽なので」

「でもお客さまに床に座っていただくわけにはいかないので」

「ダメなんですか?」

「ダメではありませんが」

「なら、ぼく、ここがいいです」

「は、はあ、わ、わかりました」

沙智は膝を抱えたままの姿でころりと床に横たわった。ギョッとした顔で沙智を一瞥すると、彼女は焦《あせ》ったような様子で呟いた。

「私、言いましたよ、ソファにどうぞと。オレクさまにはお客さまがお望みになったのでと伝えておきますね」

「ありがとう、そうしてください」

ふわっと沙智は笑いかけたが、彼女は眉をひそめ、小首を傾《かし》げたまま廊下に出て行った。なにかおかしいことをしたのだろうか。お客さまというものはソファに座るものなのだろうか。

父の日記にも持っている本にもそのようなことが書いてあるものはなかった。

沙智は暖炉の前に転がったまま、大きく目を見ひらいて天井を見上げた。

綺麗な絵が描かれている。天使や聖母だろうか。こんな場所は写真でしか見たことがない。どこかの宮殿のようだ。

沙智はそのとき、柱にかかった時計を見てハッとした。

まだ朝の十一時。よかった。ランチはお昼のご飯だから、暗くなる前にここを出ることができるはず。

「……ねえねえ、お兄ちゃん、なんでそんなところにいるの?」

沙智がきょろきょろしていると、突然、ヨナシュが現れた。

「うわっ、いつの間にきたの？」

「今、きたよ。遊んで欲しくて」

「遊ぶって、なにして？」

「ローラースケート」

すでにヨナシュはローラースケートを履《は》いていた。スーッと絨毯の上を走り抜けていく姿を沙智は目を丸くして見つめた。あんなものがあるのだ。すごい。

「お兄ちゃんもやる？」

ヨナシュは靴の下にくっつけるだけのローラースケートを沙智に渡した。ずっしりとしている。けっこう重いものだ。

「ここで遊ぶの？　カーペットなのにやっていいの？」

「カーペットだからやってもいいんだよ。傷がつかないから」

ヨナシュがにこにこと笑ってまたすーっと滑っていく。普通に歩いているときよりも早く、流れるように。

「そうなんだ、うわあ、わあ、すごいね」

沙智は思わずはしゃいだ声をあげた。

「冬になったらね、お庭の氷で遊ぶの。だからここで練習するの」

すいすいと床を進んでいくヨナシュ。くるくると回っている。

「うわぁ、すごい」

思わず沙智は拍手した。こんなことができるなんてすごい。最初のうちは目をぱちくりさせながらも、自分もやってみたいという好奇心が湧いてくる。

「氷の上でもこれで滑るの？」

「ううん、違うよ、氷の上はタイヤがなくて、ブーツに包丁みたいな刃をつけて滑るの」

「へえ、面白そう」

それなら、今までよりもずっと簡単に冬の湖を行き来することができる。

「同じような感じだよ」

「よし、じゃあ、やってみるよ」

沙智はヨナシュを真似して自分もローラースケートを装着《そうちゃく》してみた。思ったよりもしっかりとして安定している感じだ。立ち上がると目線が高くなる。不思議だ。

「じゃあ、いくよ」

ヨナシュの真似をして一歩進んでみる。しかし重心の取り方がわからず、身体が大きく揺らいでしまう。

「うわっ、滑るっ」

その場でつるっと尻餅《しりもち》をついてしまった沙智に、ヨナシュは心配そうに手を伸ばしてきた。

「大丈夫?」

「うん、もっと上手になりたいな」

「本当に?」

「うん」

沙智がうなずくと、ヨナシュが「わーい」と言って飛びついてきた。

「いっぱい上手になったら、ヨナと本物の氷の上で遊んでくれる?」

「遊んで?」

どう返事をしていいのか。でも、昼間だけなら。

「もちろんだよ。あ、でも、ヨナシュくん、ぼくと友達になってくれるの?」

「なりたい。ヨナと友達になって」

「じゃあ、ぼく、友達になるよ。沙智って呼んで」

「沙智沙智沙智、わあい、沙智はヨナのお友達だ」

「ぼくもわーいだよ。今まで、マミンカだけが友達だったから」

「マミンカ? お母さん?」

「さっき、ヨナシュくんが追いかけていたニャンコだよ」

「ええええっ、あのふわふわのニャンコ、沙智のお友達なの?」

ヨナシュがくりくりした大きな目で問いかけてくる。

「うん、お母さんみたいなお友達。とっても頼りになるんだよ」

「いいなーいいなー、ヨナもあのニャンコのお友達になりたい」

「じゃあ、マミンカにきいてみるね」

「わぁ――――い」

「ヨナシュくん、ニャンコが大好きなんだね」

「ニャンコもワンコも大好きだよ」

「ぼくも大好き。熊さんとは仲良くなれないけど、フクロウさんもミミズクさんもロバさんもみんな大好きなお友達だよ」

「わあああ、でも、ヨナ、森の熊さんに会いたいよ」

「ダメダメ、森の熊さんは危険だからね。ヨナシュくんはね、動物園というところに行かないとダメなんだよ」

「動物園、行きたい行きたい」

立ちあがって、ローラースケートを履いたままぴょんぴょんとヨナシュが飛び上がる。

「沙智、今度連れて行って」

「えっ、でもぼくも動物園には行ったことがないんだ」

「ええええっ、それなら、サーカスは?」

「サーカスってなに?」

「動物がいっぱいダンスをするところだよ。じゃあ、動物園もサーカスも一緒に行こうよ」

「そう言われても……ぼく」

「こら、ヨナシュ。なにをやっているんだ、いきなり彼にもローラースケートをお願いしたのか……まったく。また苦しくなっても知らないぞ」

オレクが呆れたように言いながら入ってくる。

「でもスケート、楽しいんだもん」

「それはよかったが……ヨナシュ、今日は本当に体調が良さそうだな」

オレクが笑顔で話しかけると、ヨナシュは幸せそうにうなずいた。

「ヨナ、沙智のそばにいると元気になる。とっても気分がいいんだ。沙智がそばにいたら、全然苦しくないの」

「え……」

沙智とオレクが同時に驚いたように声を上げる。

「ねえ、お兄ちゃん、ヨナ、ベビーシッターさん、沙智にやってほしい」

「えっ」

「ヨナ、でも彼もまだ子供では……」

オレクは困惑したような目で沙智の全身を見た。沙智は思わず否定した。

「子供というわけではありません。もうすぐ十八歳になります。でもベビーシッターの経験はないです」

「ねえねえ、ヨナは沙智がいい。だって、沙智が初めてなんだよ。一緒にローラースケートしてくれたの。それに一緒にいると空気がとっても心地いいの」

ヨナシュが「お願い、お願い」とすがるようにオレクの手を引っ張る。

ローラースケートとベビーシッターがどう関係あるのだろうと沙智が小首を傾げると、オレクは苦笑しながら言った。

「そうだな、確かに彼が初めてだな。ヨナシュとローラースケートをしてくれたのは」

「えっ、誰もダメだったのですか?」

「ヨナシュから頼まれたんだ。ベビーシッターの面接に来る相手全員にローラースケートを挑戦させてほしいって。冬、一緒にスケートができる相手がいいからって」

「そ、そうだったのですか」

「それからサーカスに行きたいとも誘う」

「もしかして、これまでぼくを面接していたのですか」

「面接というわけではないが……ヨナシュと一緒に遊んでくれるベビーシッターを探しているんだ。ヨナシュの好きなことが好きなのかどうか、それが採用の条件だった」

「そう……だったのですか」

「募集をかけたところ、面接の希望者があとをたたなくて。百人以上が応募してきたんだよ」

「えっ、そんなに？」

「この家で働くことは……ちょっとしたステイタスのようだ」

「わかります。誰でも働きたくなると思います。ぼくも憧れます」

屈託《くったく》なく言う沙智にオレクは不思議そうに眉をひそめた。

「きみ……も……同じなのか？」

「はい、ぼくも同じです。ベビーシッターでなかったとしても、草むしりでも何でもしてここで働きたいと思います」

「働きたいというのは……他の者と同じで、私と結婚したいから……というわけではないよな？」

「え……どうして草むしりをしたら結婚になるのですか」

「それが目的ではないのか？」

「結婚……ですか。ここで働くためには、考えたほうがいいのですか？」

きょとんとした顔で訊く沙智に、オレクは「いや」と首を左右に振ったあと、苦い笑みを浮かべた。

「何でもない、ごめんごめん。きみが違うことくらいわかっているよ。わかっていたけど、一応、訊いたほうがいいかと思って。きみが同じだなんて言うから」

「え……みんな……ぼくと同じじゃないんですか？」

「うん、かなり違うかな。きみはこの家を好きなだけだ」

「はい、好きです。こんなに素敵な家は初めてです。きっとみんなも同じように好きだと思ってますよ」

「そうだね、そういうことにしておこうか」

オレクがくしゃっと沙智の髪を撫でる。

「とりあえず、書類選考のあと、二十人ほど私が面接をして数人に絞り、昨日と今日とで二次面接をしたんだ。候補者全員をヨナに会わせる予定だったが……誰一人、ローラースケートを一緒にしようとしてくれたものはいなかった」

「……誰一人？」

「そう、きみを除いて」

オレクは立ち上がると、ポンと沙智の肩を叩いた。

「ということで、きみにヨナのベビーシッターを頼む。採用だ」

3

『沙智《さち》。すごいじゃないか。オレクさまのところで住み込みでベビーシッターだなんて』

森に戻ると、沙智は一番にマミンカにその話をした。

「うん、いきなりオレクさまのところで働くことになるなんてびっくりしたよ」

『あの家ならいいと思うよ。親代わりとしてはどんな人間がいるのか知りたくてプラハ行きのトラックの積荷に乗って偵察に行ったけど、あそこにいる人達は、オレクさまもあの子供も使用人もみんないい人だよ。うっかりあの子供に見つかって追いかけられたけど』

「マミンカ、心配性なんだから。でもありがとう。あの子、ヨナシュくん、マミンカが気に入ったみたいだよ。友達になりたいって」

『そりゃ、俺はかわいいからな。ところでいつからあの家に？』

「一週間後から行くことになったんだよ。ぼく、夜になると狼になってしまうけど……大丈夫かな」

『夜だけ、会わないことは？』

「うん……がんばってみる。住みこみだけど、ヨナシュくんはまだ小さいから夜まで起きてないと思うし」

『帽子で耳を隠して、大きな服で尻尾を隠すのはできるけど……満月の夜だけは気をつけろよ。狼になっちゃうから』

「そうだね」

満月の夜だけ沙智は狼の姿になる。

次の満月は明日。しばらくは大丈夫だけど、その日だけ姿をくらますのは無理だろう。

（行こう。長老のところに。ミミズク先生にお願いしよう。そしてパパがママのためにそうしたように、ぼくも人間にしてもらおう）

そのことをマミンカに相談する勇気はなかった。彼がとても心配するのがわかっているからだ。

人間になれば夜になっても狼の耳も尻尾も出てこない。満月の夜に狼に変身することもない。ただし命の危険が迫《せま》ったときだけ戻る可能性があるらしい。

気をつけなければ人狼狩りにあう。

翌日、月が出るのを待って狼の姿になると、沙智はヨナシュのためのハーブを大量に摘《つ》み、きちんと乾燥させて袋詰めした。

そして父の日記、それから以前にオレクにもらった手袋と帽子とマフラーをカバンに詰めたあと、意を決して森の長老のところに向かった。

『人間になれなかったら、来年の春には土になるんだぞ、それでもいいな』

森のミミズク先生。何千年生きているのかわからないが、人間たちからは悪魔と恐れられている。

「はい」

ミミズク先生から与えられた特別な薬を飲むとすぐに眠くなり、沙智は気を失ったように眠った。

そして明け方、まだ月がある間に目を覚ますと世界が変わっていた。

身体の感覚がいつもと違う。少し重い気がした。それから耳に入ってくる音も匂いもなにもかも。心配になり、鏡の前に座った。

「大丈夫なのかな……ちゃんと人間に見えるかな」

琥珀《こはく》色の大きな双眸《そうぼう》、すっと伸びた鼻筋、色白の顔。髪の毛は、狼の毛色にちょっとだけ似ているのだが、耳はない。まだ外には月が出ているのに、尻尾もない。

人間になったのだ。もうこれまでとは違うのだ——と思った瞬間、ふいに罪悪感がこみあげてきた。

「……」

これでよかったのだろうか。自分の人生を変えてしまって。何ともいえない重い空気が胸に広がったそのとき、窓からマミンカが入ってきた。

『なあなあ、沙智、準備は終わった?』

「え……」

『オレクさまからもらったもの全部、ちゃんと荷物に入れた? ハーブも忘れずに持っていくんだぞ』

テーブルに飛び移ると、そこにちょこんと座り、マミンカがくりくりとした目で沙智を見あげる。

その優しい目。なにもかもちゃんとわかっているよというような、とても澄んだ彼の眸《ひとみ》を見ていると涙があふれてきた。

「ごめん……マミンカ……ぼく……きみになにも言わないで……」

『沙智、前に進もうと決めたんなら、勇気を出して行けよ』

マミンカの言うとおりだ。これは自分で決めたことなのだ。オレクさまの役に立ちたい。だから進まなければ。

「ありがとう、マミンカ。そうだね、もう振りかえっても仕方ないんだから、前に向かって進むね」

沙智はにっこりほほえんだ。

『よしよし、それでこそ沙智だ』

マミンカが小さな手でポンポンと沙智の手に猫パンチしてくる。

『じゃあ、約束しよう。晴れて本物の人間になったら、俺を家族としてみんなに紹介するってこと』

「人間になったら？　それまでは？」

『ああ、もう俺は……手助けしないよ。いや、もうできないんだ、森の生き物じゃなくて、沙智は人間の世界の生き物として生きていくことになったんだから、一人の人間としてちゃんと独り立ちしないと』

その言葉はずしっと沙智の心に重くのしかかった。覚悟を決めなければ、という意味で。もうママミンカはママパパ代わりのニャンコではなくなるのだ。

「わかった。約束する。独り立ちできるようがんばるね」

前に進もう。ずっとここで一人ぼっちで生きていくよりも、誰かの役に立って、誰かを愛することができる人生を選んだのだ。

そのために人間になったのだ。でも人狼の生き残りとしての誇《ほこ》りは忘れない。

父と母の生き方や彼らからの愛、マミンカの存在を自分の生きる支えにして、前に進んでいこう。

そうだ、もう後戻りはできないのだ。ただ前に進むのみ。


約束の日、荷物をまとめ、沙智は近郊の駅まで迎えにきた車に乗りこんだ。

エルベ渓谷の森から一時間半ほどのプラハ郊外にオレクの屋敷がある。

「沙智さま、ようこそ。セドラーク家の執事を務めておりますデニスと申します。オレクさまはお仕事でまだお戻りではないのですが、ヨナシュさまがお待ちになっています」

古城風の建物から、焦《こ》げ茶色の髪にメガネをかけたほっそりとした若い男性が現れる。

「あ、はい、よろしくお願いします」

執事のデニスさん。覚えなければ。さっきの運転手、この前、案内してくれた女性。たくさんの人がこの家のなかで働いているようだ。

「では、こちらへどうぞ」

「あの、ヨナシュくんは？」

「いらっしゃいます。先に沙智さまのお部屋に案内します。場所は一階で、ヨナシュさまの隣の部屋です。二人のお部屋の真ん中に、ヨナシュさま専用の図書室兼オーディオルームがあります」

「専用の……。すごい」

「はい。三部屋ともテラスでつながっていて、そこから庭に出ることもできます。オレクさまは同じフロアの奥にお部屋があります」

よくわからないが、たくさん部屋があるので間違えないようにしなければ。これまで沙智の住んでいた家には、みんなで使うキッチンと両親が過ごしていた寝室、それから沙智専用の屋根裏部屋があるだけだった。

この建物は十七世紀くらいに建てられたものらしく、チェコ風の典型的な貴族の館《やかた》らしい。白樺《しらかば》でできた木枠《きわく》の天井、豪奢《ごうしゃ》なタペストリーや絵画、ブロンズ像、それから天窓に設《しつら》えられたステンドグラスが神秘的で、どこかの美術館のようだ。

そのとき、廊下の壁に掛けられた小さな一枚の絵を見つけ、沙智は思わず駆け寄った。

絵本のような、優しく愛らしい色彩で描かれた絵。

「うわっ、これって」

そこに描かれているのはチェコの森で狼たちが駆け回っている姿だった。見たことのある色彩、見たことのある狼の絵。これは母の描いたものだ。

こみあげてくるなつかしさ。愛らしくて優しい狼たち……。

「どうされましたか？」

じっと絵を見あげている沙智に、執事が心配そうに尋ねてくる。

「あ、あの……この絵、素敵ですね。でもどうしてここに」

「オレクさまが子供のころにクリスマスマーケットで買われた絵です」

「狼の絵を？　オレクさまが？」

「ええ、他にも狼の絵なら、そこに何枚か飾られています」

見れば、母の絵だけでなく、廊下の壁には、年代物の絵画が美術館さながらに並べられていた。

「古そうな絵もありますね」

「ええ、二百年くらい前のものもあります。このセドラーク家の先祖は、昔は国王から狼狩りを任されていた軍人でもありますから」

沙智は顔を引きつらせた。

「……それでは……オレクさまも?」

「まさか。昔の話ですよ。オレクさまはお父上から引き継いだ観光業に専務として携《たずさ》わっておられます。狼狩りなどされたりはしません」

よかった。

沙智はほっと息をついた。

「ですが、近年もたまに狼狩りに関わっていた親族から声をかけられることがあります。ボヘミアの森やエルベの森に狼が現れたときなど」

「……っ」

「オレクさまは、そうしたことに興味がないのでお断りされていますが」

ああ、本当によかった。一瞬、心臓が止まるかと思った。たとえどんなに好きでも、狼狩りをしている人間を慕《した》うことはできない。

「それでは、どうぞお部屋に。すぐにお茶を運びますので」

「あ、荷物、これだけなんです。すぐに置いてきますので、お茶はヨナシュくんの部屋でいただきます」

「ええ、では私が荷物をお持ちしますので、どうぞヨナシュさまの部屋へ」

沙智はヨナシュの部屋に案内された。

「うわっ、可愛い」

チェコの古い宮殿というよりは、チェコアニメに出てくるような愛らしくも楽しそうな部屋になっていた。

天井には星や月や太陽のフレスコ画が描かれている。壁には、チェコの有名な童話に出てくるモグラのクルテク。

カレル・ゼマンのアニメに出てくるキャラクターたち。

そしてその中央のベッドにいたのは、三歳のヨナシュ少年だった。

ふわふわとした明るい赤毛。顔立ちはラファエロの描く天使のようだ。

ほんの少し赤らんだほおが愛らしい。

「こんにちは、ヨナシュくん」

「沙智、沙智、きたんだね」

ヨナシュはふわっと顔を綻《ほころ》ばせ、ベッドから飛び降りた。

しかしよろめいてパタンと転んでしまう。

「あっ、ダメだよ、飛んだりしたら」

あわてて沙智はヨナシュを抱き起こした。

「ヨナシュくん、具合は？」

「ヨナ、朝までお咳《せき》がゴホンゴホンだったよ。でももう元気になった。沙智が来たから」

「本当に？」

「うん、今、すごく元気だよ。ねえねえ、ローラースケートしよ」

「ローラースケートはまだダメだよ。起き上がれるようになったばかりなんだから」

「じゃあ、ヨナは絵を描くよ。絵本を作りたいんだ」

「絵本？　あっ、それならぼくもお絵描きは好きなんだ。お母さんがね、絵本を作っていたから」

沙智はパッと顔をほころばせた。

「ヨナはね、絵本を作ってお店で売りたいの。きらきらしたお店」

「きらきらしたお店って？」

「クリスマスマーケット。ヨナはそこで雑貨屋さんになるのが夢なんだ。オレクお兄ちゃんが話してくれたことがあるの、とっても可愛い子供の雑貨屋さん。お手伝いしたことがあるみたいなんだけど、すっごく楽しかったたって」

それ……もしかして、一緒にやったあの店のことだろうか。もしそうだったら嬉しい。もう何年も経《た》っていて、オレク様、あのときの子どもが沙智だとは気づいていない様子だけど、楽しかった思い出として記憶に残っているのなら。

「それからね、ヨナも雑貨屋さんになりたいなと思ったの。ねえねえ、沙智も一緒に雑貨屋さんやる？」

「うん、やりたい、やりたいなあ」

またクリスマスマーケットができたらどれだけ幸せだろう。今度は絵本を作ってマーケットで売る。想像しただけで胸にクリスマスのきらきらとした光が灯《とも》るような気がしてわくわくしてきた。

「じゃあ、絵を描こう」

画用紙を床に置き、ヨナシュがクレヨンを手にして絵を描き始める。

「すごい、この緑色のは?」

「チェコの森」

「こっちは?」

「お兄ちゃん」

「これは何?」

「ニャンコ」

「ああ、そういえば、動物、大好きだったね」

そんな話をしながら、二人でいろんな絵を描いていると、一時間ほどしてからオレクが現れた。

「すごいな、二人とも」

部屋の中央にきて、感心したように二人の絵を眺める。

「ヨナくん、とても絵が上手です」

「こっちは君の絵?」

「はい」

絵を見せていると、使用人たちがテーブルにスイーツや紅茶を並べ始める。

「わあ、蜂蜜《はちみつ》ケーキだ」

テーブルに並べられているケーキを見て沙智は懐《なつ》かしさを感じた。

母が生きていたころによく食べたケーキだった。チェコの名物のメドブニーク。蜂蜜と練乳《れんにゅう》とくるみを練りこんだ生地と生クリームを何層も重ねて作る歯ごたえのあるとても美味《おい》しいケーキ。

オレクと沙智の間にヨナシュが座って、丸いテーブルを三人で囲み、可愛いポットにいれた紅茶を飲みながら、蜂蜜ケーキを食べる。ヨナシュには紅茶ではなくココアだった。

「おいしいね、ヨナ、三人でご飯食べるの大好き」

ほおにくるみをつけたまま食べているヨナシュがとても可愛い。

「大丈夫だ、ヨナ、沙智は今日からここに住むんだ。これから食卓はいつも三人一緒だよ。みんなで食べよう」

「わーいわーい」

口をもぐもぐさせながら両手を上げて喜ぶヨナシュ。

上品にケーキを食べ、愛《いと》しそうに甥《おい》っ子を眺めているオレク。

今日から自分はここで暮らすのだ。彼らと一緒にここで。

そう思っただけで沙智の目頭《めがしら》が熱くなってきた。胸もきゅんきゅんしてきた。あたたかくて心地いい甘いお菓子を食べたときのようなきゅんきゅんだ。

どうしてこんなふうに目が熱くなるのだろうと考えながら、沙智は口内でとろとろと溶ける蜂蜜ケーキの甘さを噛《か》み締めた。

4

窓からのまばゆい朝の光がまぶたに触れ、沙智《さち》は急いでベッドから飛び降りた。

「起きないと」

オレクのところにきてから一週間がすぎた。このところ、ずっと雨だった。

こんなふうに晴れる日をどれほど心待ちにしていたことか。

『今度の日曜日、晴れたら三人で動物園に行こう』と、オレクが言っていたからだ。

「晴れた、晴れた……。太陽が眩《まぶ》しい」

顔を洗い、服を着替えると、沙智は急ぎ足でヨナシュの部屋にむかった。

「おはよう、ヨナシュくん。調子はどう？　今日は動物園だよ。行くよね？」

明るく声をかけると、それまで毛布にくるまっていたヨナシュだったが、「動物園」という言葉を耳にした途端、ガバッと嬉しそうに飛び起きた。

「動物園、行く行く」

彼もずっと心待ちにしていたようだ。

「じゃあ、着替えないとね」

彼のクローゼットを開けて外出用の服を探していると、女性の使用人が声をかけてきた。

「沙智さま、ヨナシュさまの着替えは私どもが。朝食ができていますので、沙智さまはダイニングの方へ。あ、途中でオレクさまにもお声をかけていただけますか？　八時から朝食ですので」

「オレクさまにも？」

「はい、夜じゅう図書室で調べ物をされていたみたいで」

オレクが利用しているこの屋敷のメインの図書室はダイニングに行く途中にある。沙智は長い廊下を進み、図書室の扉をノックした。

「オレクさま、朝食ですよ」

返事はない。

「オレクさま、入りますよ」

自由に出入りしていいと言われていたので、沙智は図書室の扉を開けた。

もういらっしゃらないのかな？　と思いながら、木製の重々しい扉を力を込めて押してみる。

ふっと鼻腔《びこう》に触れる、何ともいえない古書の香り。明かりが入らないようになったその部屋は壁一面に天井まである古めかしい書棚がずらりと並び、シンとした空気がとても冷たかった。

「あ……」

オレクが書斎机の横に置かれたカウチで眠っている。モスグリーンのゴブラン織りのカウチで。

襟元《えりもと》が乱れ、無造作にかかった髪で顔が半分隠れている。

「オレクさま、朝食の……」

時間が……と言いながらそっと手を伸ばした沙智は、床に散らばった写真に気づき、途中で動きを止めた。

これは……。

床に十数枚の写真が散らばっている。ずいぶん古いセピア色のものから、カラー写真まで。セピア色の写真に、人狼の処刑を見守る人間たちのものがあった。

写真は古く、当時のカメラ技術の精度が低いこともあり、処刑のところはシルエットだけなのだが、耳と尻尾のある人狼が火刑《かけい》にされているのがはっきりとわかった。

（ひど……）

人間たちはそれを見て嗤《わら》っている。全身が小刻みに震え、胸の奥に氷塊《ひょうかい》を詰めこまれたような感覚が広がっていく。

人狼はこんな扱いを受けていたのだ。

だから誰にも正体を告げないように言われ、森の奥から出ず、沙智はひっそりと育てられたのだ。

迷惑をかけてはいけないと、父が医師のチェフに連絡を取るのを最低限にしていたのもこうした歴史があったからだろう。哀しい。それに悔しい。人狼がなにをしたと言うのか。

父の日記には、欧州を震撼《しんかん》させた『魔女狩り』の波がおさまっても、迷信深い東欧の奥地では人狼は人間に恐れられ、チェコが民主化されるまで処刑されてしまう風習が残っていた——と書かれていた。

暗い谷底に突き落とされたような感覚を抱いたそのとき。

「——っ」

ふいにオレクに強い力で手首を握られ、沙智はハッとふりむいた。

「あの……」

沙智を見あげ、オレクはカウチに横たわったまま驚いたような顔をしていた。

「きみか……」

息をつき、沙智から手を離し、オレクは半身を起こした。

「一瞬、人狼かと思った」

「え……人狼って？」

沙智はピクリと身体を震わせた。どうして。顔を引きつらせながら、本棚のガラス戸をおそるおそる見る。

よかった。人間だ。

それでも気配は人狼のままなのだろうか。不安にほおをこわばらせている沙智を見上げ、オレクは何も気づかないまま微笑した。

「大丈夫だ、もうこの世界に人狼はいないんだよ」

「あ……はいっ。あの、す、すみません。朝食にいく途中だったので……ここに呼びにきて」

髪をかきあげながら、気《け》だるそうにオレクはカウチにもたれかかった。

「図書室へのきみの出入りは自由だ。ヨナシュに読んで聞かせたい本があれば、好きに利用してくれ」

「は、はい」

「きみも読みたい本があれば自由に読んで。その棚には貴重な歴史書とかも多いから。古い写本もあるよ」

オレクは沙智の背後の棚にちらりと視線を向けた。

「あ、ありがとうございます」

「左側の棚には、大人向けのチェコのアニメＤＶＤや漫画、絵本、それから最近人気の北欧のミステリーもあるよ。私はそっちの棚が好きかな」

「ぼくも……そうかも」

小さく微笑した沙智の手元に気づき、オレクはその手からすっとセピア写真をとりあげた。

「……これ、嫌な写真だよね」

それを裏向けて自分の傍《そば》におくと、オレクは床に手を伸ばして一枚ずつ写真を拾った。

「そっちは……」

「ああ、こっちは私の親や姉の写真だ。調べものがてらヨナシュに渡そうと整理をしていたんだが……一枚、昔の恐ろしい写真が出てきて」

「古い写真でしたね」

「ああ、だから人狼の夢を見たのかもしれない。驚かせて悪かった」

暗い表情をしている。人狼の処刑写真を否定しているということは、彼は人狼を悪く思っていないのだろうか。それともただ処刑行為をよく思っていないだけなのか。

「沙智……呪いというのを信じるか？」

突然のオレクの言葉の意味がわからず、沙智は小首を傾《かし》げた。

「私の家にはね、人狼の呪いがかけられているんだよ」

「えっ……」

思わず変な声が出てしまった。人狼の呪いだなんて初耳だったからだ。

「昔……まだ……今よりももっとこの国が迷信深かった時代のことだが」

オレクはさっきの写真を手にとり、淡々とした口調で説明してくれた。

昔、人狼は人間と共存している時代があった。中世のころは貴重な森の恵みを見つけてくる能力に長《た》けていたことや鉱山資源の発掘などで当時の国王から貴族の称号をもらい、優雅に豊かに暮らしていた。

しかしそれをよく思わない人間や人狼を否定する宗教団体に『悪魔の使い』と噂を立てられ、徐々に迫害されるようになっていった。

狂犬病の原因がウイルスだと解明されていない時代に、人狼が原因の病気と広められ、いつしか『魔女狩り』にあい、魔女の一族、魔物として処刑されるのが常となってしまった。

「そのとき、人狼の王が一族を守るため、自身の身を生贄《いけにえ》として森の神に捧《ささ》げ、その後、エルベの森の奥にはめったに人間が立ち入れなくなってしまったと言われている」

マミンカが話していたことと同じだ。

「そしてその場所に誕生したのが、どんな病《やまい》にも効くハーブの数々」

あのエルダーフラワーの谷のことか。

「その当時、魔女狩りをし、多くの人狼を処刑したのは私の先祖だ。ボヘミアの森でも別の貴族が狼狩りをして狼王を滅ぼした話が伝説となって壁画《へきが》で伝えられているが、我々の先祖もそうだ。とことんまで狩り尽くしたらしい、絶滅させてしまうほど」

「……っ」

「だから呪われたのだろう。人狼の王は、未来永劫《えいごう》、セドラーク家の者を呪い続けているのだ」

「そんな……」

「その証拠に、その後、一家には、必ずあの谷のエルダーフラワーでしか治らない患者が出てしまうんだ」

「あ……」

「昔は姉。そして今はヨナシュがそうなってしまった」

そうだったのか。

オレクはとても切なそうに呟いた。

「どうして私ではないのか……愛する者が苦しむ姿を見るのは辛い。いっそ私だったらいいのにと」

「そんな……そんなことおっしゃらないでください。そうなったら、オレクさまを愛する方が嘆《なげ》かれてしまいます」

沙智は彼の腕をつかんでいた。

「いいんだ、私は誰も愛さないし、誰からも愛されたいと思わないから」

投げやりに吐かれたオレクの呟きに、沙智は言葉を失った。

どうして……と訊く前に、彼がその理由を口にした。

「子供が生まれ、また苦しめるのかと思うと……この家は私の代で終わるべきだと思うんだ」

胸が痛くなり、沙智の眸《ひとみ》に熱いものが溜まっていく。ぽろぽろと涙がほおを濡らし、沙智はとっさに手の甲で拭《ぬぐ》おうとした。

それをさっとオレクの手が止める。

「それは……私のための涙か？」

立ちあがると、目を細めてオレクはじっと沙智の顔をのぞきこんできた。

「……すみません……」

「どうして謝るんだ」

「……あなたのことなのに……ぼくが……勝手に……泣いてしまったから」

ひくひくと嗚咽《おえつ》を漏らしながら言う沙智のほおをオレクの手のひらがそっと拭っていく。

「ありがとう。とても優しいんだね」

「……いえ……」

首を左右に振った沙智を、オレクはとても澄んだ目で見つめていた。

「ところで、きみは……あの谷の近くの森からきたそうだが、人狼の伝説や呪いについてなにか聞いたことは？」

「いいえ……呪いなんてなにも」

確かにマミンカも人狼の王の話はしてくれたが、呪いなどとは言っていなかった。それに人狼が人間を呪うなんてことがあるのだろうか。

自分自身と父以外の人狼を知らないので結論づけられないのだが、少なくとも自分たちは他者を呪うようなことはしない。

父はあのエルダーフラワーをいつもチェフ先生に届けていたし、そのことで彼に迷惑がかからないよう細やかに気遣っていた。

父は人間に対してだけでなく、森の動物にも植物にもすべてに優しかったように思う。

まだ幼いころ、一度、人狼とわかっていながら、どうして父を好きになったのか、母に訊いたことがある。そのとき、母は笑顔でこう言った。

『どんな人間よりも心と魂が綺麗なの。人狼はね、人間にはある負の性質を一切持っていないのよ。だからルーカスといると、私の心まで綺麗になれる気がするのよね』

人間の持つ負の性質というのが沙智にもよくわからないのだが、父の心と魂が綺麗なことだけはよくわかった。

「あの……呪いとか伝説とか……よく知りません。でも昔、人間の女の人が言ってました。人狼は負の性質を一切持たない、と」

「負の性質を持たない？」

「はい、だから一緒にいると綺麗な心になれると」

「一緒にって……その女性は、いつ人狼と一緒にいたんだ？」

オレクに強く肩を摑まれ、沙智はびくりと身体を強張《こわば》らせた。

「昔に……。ずっとずっと昔……」

痛がらせたと思ったのか、オレクが手を下ろす。

「そうか。もしかすると、その女性は……人狼狩りで亡くなったつがいの知りあいかもしれないな」

「え……」

「八年前、人狼のつがいが発見されたという噂が流れたんだよ。私は英国にいたのでくわしいことはわからないが」

この人と出会ったクリスマスマーケットのころだ。だとしたら、そのつがいというのは両親のことかもしれない。

「ああ。それでいったん帰国して」

言いかけたそのとき、図書室の扉をノックする音が響いた。続いて廊下から女性の声が聞こえてくる。

「……オレクさま、朝食はどうなさいますか。ヨナシュさまがお待ちですよ」

はっとして時計を見ると、八時を十分以上過ぎている。

「暗い話はもうやめよう。さて、今日は動物園だったな。せっかく晴れたんだ、みんなで楽しもう」

オレクの笑顔を見つめ、沙智は「はい」とうなずきながらも、得体《えたい》の知れない不安のようなものが胸に広がっていくのを感じていた。

人狼狩りで亡くなったつがい。八年前なら、沙智の両親だ。そのことをたしかめたいけれど、人狼の呪いがかかっていると言うセドラーク家——その当主として深く傷ついているオレクを思うと、沙智は、それ以上、踏みこんで訊くことができなかった。

5

「うわっ、すごい」

紅葉の絨毯《じゅうたん》のようになった丘を野生の鹿が駆け抜け、切り立った岩肌を野生の猿たちが楽しそうに上っている。

「すごいだろう、プラハの動物園は野生動物が放し飼いされているんだ」

オレクの話によると、この動物園は世界で五番目に人気らしい。

向こうの谷には、キリンやシマウマが走り、虎が水浴びしているかと思えば、別のコーナーではワニが水辺で身体をひっくり返す音が響いていた。

「わあああ、フラミンゴ、とってもとっても綺麗」

オレクに肩車され、ヨナシュは遠くを指差して声をあげている。

「フラミンゴ?」

「ピンクの鳥だよ」

そう言われても、沙智は小柄なので、今いる場所からだとよく見えない。

「ヨナ、フラミンゴが見えるよう、沙智に代わってあげてくれるか？」

「うん、いいよ」

オレクはひょいとヨナシュを近くのベンチに下ろすと、沙智に自分の肩に乗るようにと言った。

「えっ、いいですよ、そんな」

「いいからいいから」

「ぼく、ヨナくんよりも重いから」

「ちょっとだけなら大丈夫。きみは小柄だから気にならないよ」

そう言われ、あっと言う間に肩車をされてしまう。

「わあっ」

視界が高くなり、沙智は思わず声をあげた。さーっと吹き抜けるモルダウ河からのひんやりとした風が心地いい。なんということだろう。なんて素敵なんだろう。

プラハ郊外の丘陵《きゅうりょう》にある、広大な敷地のプラハ動物園。

遠くにプラハ城やタワーが見え、眼下には太陽を反射させてきらきらと川面《かわも》をきらめかせているモルダウ河が流れている。そしてさっきヨナシュが指をさしていた方向には、ピンクのほっそりとした鳥の大群が集団で水浴びをしていた。

水に映った姿も加わり、あたり一面が一斉にピンク色に染まってとても綺麗だ。美しい青空を反射した池の濃い水色と周りの深緑の木々の色、それと対比するピンク色の鳥の集団のあたりだけが幻想的な美しさに満ちていた。

「とても素敵でした。ありがとうございます」

オレクの肩から降りると、沙智はふわっと微笑した。

「よかった、気に入ってくれて」

「お兄ちゃんお兄ちゃん、次、あっちに行こう」

ヨナシュがはしゃいだ様子で次のコーナーに駆けていく。

はめ殺しになったガラスの敷居と金網《かなあみ》で囲われたその一角は、ヨーロッパ狼の集団が森のような場所で放し飼いされているコーナーだった。

「狼……か。やめておこう」

オレクはヨナシュの手をとりガラスの前まで行ったものの、すぐに背を向けた。

狼……野生の狼だ。しかし懐《なつ》かしいような切ないような妙な気持ちがこみあげてきてふらふらと沙智はコーナーの前まで歩いていった。

「沙智、どうした、行くよ」

オレクが声をかけてくるが、沙智はなぜか離れられない。

するとなかでもひときわ大柄な狼が沙智を見て遠吠《ぼ》えを始めた。

うおぉぉん、うおおぉぉん……。

口を突き上げ、空に向かって吠える大きな狼。あれは警戒しているのではない。どちらかというと、仲間を呼んでいるような切ない声だった。

(ぼくがわかるの？　人狼だって……わかるの？)

ガラスに手をあて、沙智は食い入るようにその狼を見つめた。

遠吠えに反応したのか、森の奥にいた他の狼たちが集まり始める。

ゆらりと彼らの影が地面に揺れ、おおん、おおんと声をあげながらこちらに向かってきた。

「どうしたの……狼が……変な声でこっちにくる。怖いよ、お兄ちゃん」

ヨナシュがオレクにしがみつく。

「……っ」

いけない、ぼくがいるせいだ。沙智ははっとして彼らに背を向けた。

その背を追うかのように、他の狼たちも一斉に遠吠えをあげ始める。

決して脅《おど》すようなものではなく、むしろ沙智を呼んでいるような声なのだが、人間にはその声の意味がわからない。親子連れたちが怖がり始めてざわめいている。

怖い、狼が怖い、やっぱり凶暴だとあちこちから聞こえる声。

離れなければ。狼たちから離れなければ……。あれは怖い声ではないのに。仲間を呼ぶとき

の切ない声なのに。

でもあの大量の狼の集団が一斉に声をあげながら人間のいる方向に向かってきたとしたら、驚いて怖くなるのも無理はない。

そうではない、ぼくがいるから来るんだ……と説明できないのが悲しい。

と同時に、別の悲しさが沙智の胸に広がっていく。

(ぼくはやっぱり人間じゃないんだ)

人間にはわからなくても、狼にはわかるのだ、沙智が半分だけ彼らの仲間だということが。

彼らがあんな声を出す意味も、彼らの行動も沙智には理解できた。つまり沙智が完全な人間ではないということだ。

『人狼の呪いなんだ』

ふと今朝、図書室で聞いたオレクの淋しそうな言葉が胸をよぎる。

狼の眷属《けんぞく》、人狼の呪い。それに苦しんでいるオレク。

そんなことと知らないままオレクを好きになり、沙智は人間になろうとした。

呪いなんて本当にあるのだろうか。

あるのだとしたら、どうしたら解けるのだろう。でもやはり沙智には信じられないのだ。人狼が人を呪うなんて。

(わからない、なにが真実なんだろう)

狼の声が聞こえない場所まで沙智は必死になって走っていった。

ふいに象のいななきのような声が聞こえ、沙智ははっと立ち止まった。

「あ……」

目の前には象の集団のいるエレファンドバレーと書かれた一角。

堀を挟んで象を見ることができる煉瓦《れんが》造りの展望コーナーに来ていた。

（どうしよう……オレクさまたち、どこにいるのだろう）

周りをきょろきょろと見ていると、象の大きな声があたりに反響した。

数頭の象が堀の向こうに集まり、沙智の方を見て、鼻を高くあげて唸《うな》っている。前脚をあげては地面に下ろし、ドンドンと地響きさせている象もいた。

その異様な光景に、展望コーナーにいた子供たちの集団が泣き始める。

象にもわかるのかもしれない。沙智が人間ではないと。

沙智はとっさに象に背を向け、また動物園の中を走り始めた。

（ぼくは……ぼくは……何者なの？）

人間ではない。狼でもない。人狼でもなくなった。どうしよう。怖い。どっと涙があふれてきたそのとき。

「沙智っ」

オレクの声が聞こえ、沙智は目を見ひらいた。

「よかった、ここにいたのか」

血相《けっそう》を変えた様子でオレクがこちらに向かって走ってくる。前までくると、オレクが愛《いと》しそうに沙智を抱きしめる。

「姿が見えなくなったから心配したよ。いなくなったらどうしようと思って」

「ごめんなさい……ヨナくんは？」

「キッズコーナーに預けてきた。とにかく……きみを探さないとと……」

オレクの鼓動が早鐘《はやがね》を打っている。息も荒い。ものすごく必死になって探してくれたのだというのが伝わってきた。

「沙智、泣いているの？」

「あ……不安になって」

「迷子になったから？　そうだね、きみ、携帯電話もなにも持っていないもんね。今度用意するよ」

「すみません、迷子になって」

「いいんだよ、謝らなくて、私が目を離したから。よかった、ここはものすごく広くて、行方不明になって、別のところで発見されたり、誘拐されたりした子もいるんだ。だから心配で心配で」

オレクが自分のことをこんなに心配してくれている。そう思った途端、さっきとは別の涙が流れ落ちてきた。

不思議だ。胸の奥がきゅんと痛くなって、目頭《めがしら》がどうしようもないほど熱い。

ぽろぽろと涙を流す沙智のほおを、オレクは白いハンカチで拭《ぬぐ》ってくれた。

「もう不安にならなくていいよ、私と会えたんだから」

「違います……もう不安はないです」

「なら、よかった。他になにか辛いことがあったの？」

「いえ、これ、不思議な涙なんです」

「不思議？」

オレクが目を細めて顔をのぞきこんでくる。

「哀しくもなくて痛くもなくて淋しくもなくて不安でもなくて……でも涙が出てくるんです」

まだあふれたように出てくる涙に沙智は戸惑っていた。

「嬉しいのに、オレクさまが心配してくれて、とっても嬉しいのに涙が出てくるんです」

沙智の言葉に、オレクはふっと甘く優しい笑みを浮かべた。

「そう……か。そうだったのか」

一人で納得したようにうなずくと、オレクは沙智の身体をもう一度自分にひき寄せ、額にチュッとキスをしてきた。

「これまで知らなかったんだね、嬉しいときも幸せなときも涙が出ることを」

「えっ、そうなんですか?」

驚いて見あげると、オレクは「ああ」とうなずいた。

「涙はね、哀しいときだけじゃなくて、嬉しいときも流れるんだ。嬉しすぎるときにね」

知らなかった。ああ、でもそんな涙が自分から出てくるなんて驚いた。

「あ、じゃあ、よかったんだ、いい涙が出てきて」

沙智はにっこりほほえんだ。

「よかったの?」

「ええ。嬉しすぎる涙が出るってことは、ぼく、本当に幸せなので」

「幸せなのか?」

「幸せな涙が初めて出たってことは、ぼく、生きていて、今が一番幸せってことですよね。だからとても幸せです」

にこにこと笑って言う沙智を見つめ、なぜかオレクはやるせなさそうに目を細めた。

「こんなことくらいで幸せだと言わないでくれ」

「え……」

「そんな綺麗な笑顔を見せないでくれ」

「あ……ごめんなさい」

沙智はとっさに笑みを消した。

変な顔をして笑ってしまったのだろうか。それとも呪いのことで傷ついている彼に、幸せだと自慢するような笑顔を見せて失礼だったのだろうか。

「ごめんなさい、本当にごめんなさい。笑顔を見せたりしてごめんなさい」

「いや、違うんだ。そうじゃなくて……そうじゃないんだ、反対だよ。もっと幸せになってほしいと思ったんだ。どうせならもっと幸せなときに涙を流してほしいと」

「もっと幸せ？　ぼく、今よりも幸せがどんなものかわかりませんけど、もっと幸せってすごそうですね。楽しみになってきました」

ほほえむ沙智のほおに手を添えると、オレクはさっきよりも口元の笑みを深めた。どこか哀しそうな空気を漂わせながら。

「きみはすごいね」

「え……」

「きみとなら……運命が変えられそうな気がしてきた」

「運命って？」

「うん、また話せるときがきたら……話すよ。さあ、ヨナのところに戻って、みんなでランチを食べに行こうか」

「あ、はい。ヨナくん、きっと淋しがってますよ」

「そうだな。じゃあ、急ごう」

オレクは沙智の手を摑んで早足で歩き始めた。手をつなぐ二人のシルエットが路上に伸びている。

今でも幸せなのに、もっと幸せというのはどんな幸せだろう。そんなふうに思いながら、沙智はオレクと歩き続けた。

さっきまでの不安も恐怖もない。暗い気持ちもない。もう動物たちも怖くない。象の前を再び通ったが、唸ってもこない。

沙智はホッと息をついた。

さっきのは何だったのだろう。自分の不安が彼らの本能に感応《かんのう》したのだろうか。

6

動物園に行った翌日、ヨナシュは熱を出してしまった。はしゃぎすぎたのか、あるいはなにかの動物にアレルギーがあったのかわからないが。

「――ヨナの具合はどうですか？」

オレクは神妙《しんみょう》な面持《おもも》ちで診察を終えた医師のチェフに問いかける。ヨナシュがベッドで眠っている横で、沙智《さち》は彼の着替えを用意していた。

「大丈夫だ、今回のはただの風邪だよ。一週間もすれば良くなるだろう」

チェフの言葉にオレクがほっと息をつく。

「安心しました。また例の発作かと心配になったのですが」

二人が話していると、執事がオレクを呼びにやってきた。

「……オレクさま、来客です」

「来客？」

「はい、事業拡大のことで、ドイツのローゼンケラー社の方が」

「ああ、約束があったんだった。チェフ先生、今、お茶と軽食を用意させますので。沙智、先生のお相手を。ヨナの病状について聞いておいてくれ」

オレクが出て行ったあと、沙智はチェフとともに、応接用の別室に移った。

テラスに面したテーブルにつくと、使用人がアフタヌーンティーのセットを用意し始めた。

「……きみがベビーシッターだったとは驚いたよ」

使用人の姿が消えると、チェフは周囲を気にしながら小声で話しかけてきた。

「先月、先生に今年の分のエルダーフラワーを届けに行ったら不在で。ここにいらっしゃると聞いて持ってきたんです。そのとき、オレクさまとヨナシュくんと出会って……」

「ああ、あのときは入れ違いだったんだ。でもよかった、理由はわからないが、きみがそばにいるとヨナシュは調子がいいみたいだ」

「そうなんですか？」

「ああ、発作が一度も出ていないし、健康になってきているように感じられる」

人狼だからだろうか。人狼の王の魂のようなものがこの家を呪っていても、人狼の沙智がいると、呪いの効力がないとか……。

「風邪が治ったら、一度、ヨナシュの精密検査がしたいので、大学病院にくるようにと伝えてくれ」

「はい。あ、これを。ずっとお渡しする機会をうかがっていたんです」

沙智は乾燥して袋に入れたエルダーフラワーをチェフに手渡した。

「ありがたくいただくよ、代金は、今度、ここに届けさせるからね」

「あ、いいです。ぼくからだと知られたくないので」

「どうして？　これを摘《つ》むのは本当に大変なのに。オレクのため、きみが長年尽くしていることを彼に知らせないと」

「やめてください。ぼくの……正体がバレてしまいます」

「でも、人間になったんだろう？　ルーカスのように」

「まだ父のように完璧な人間にはなってないんです。うまく言えないんですけど、ちょっと違っていて。だから秘密にしておいてください」

「オレクは真実を知るべきだと思うが」

「待ってください。そのときはぼくが言います」

沙智の懇願《こんがん》に負け、チェフは「わかったよ」と肩をすくめた。

「きみのいいようにすればいい。ただ困ったことがあれば何でも相談に乗るから、遠慮なく言ってくれ」


「――沙智、ヨナとローラースケートして遊ぼう」

それからしばらくして、ヨナシュは風邪が治ってすっかり元気になった。

「やっと遊べるね」

ここにきて一ヵ月。最初はまったく滑《すべ》れなかった沙智だが、最近ではすいすいと滑れるようになっていた。

「沙智、とっても上手になったね」

「ヨナシュくんが教えてくれたからだよ。まだジャンプはできないけど」

今では歩くときと変わらないくらいの感覚で滑れるようになった。

必死に壁に手をつかなくても、足元が心配で俯《うつむ》かなくても、転びたくなくて足を内股《うちまた》にしなくても、普通に前に進んだり後ろに下がったり、ブレーキをかけたりすることができるのだ。

「氷の上で、一緒にダンスを踊ろうね」

「ダンスかー。できるかな、ぼくに」

「できるよ、雪が降ったら、庭の池が凍るよね。そうしたらそこで滑っていいって、お兄ちゃんが言ってた」

「いいね、庭の池かあ。気持ちいいだろうね」

ヨナシュと手をつないでローラースケートをしていると、使用人たちが音楽をかけてくれた。

「すごーい、心が弾《はず》む。これ、なんて曲ですか？」

「これはスケーターズワルツといいます。ウィーン出身のワルツの帝王シュトラウスが作曲しました。まさにスケートをするためのワルツ音楽なんですよ」

そう言って、ＣＤのジャケットを見せてくれた彼女は、最初の日に沙智にお茶を出してくれた女性だった。

「へぇえ。そんな音楽があるなんて知りませんでした。ありがとうございます、素敵な音楽を流してくれて」

沙智がニコッと笑うと、彼女もふわっとほほえんでくれる。

「いいえ、沙智さんが笑顔でいると、この家も明るくなるので、どんどん喜んで楽しんでください」

最近そんなふうに言ってくれる使用人が増えてきた。

『沙智さんが楽しそうに食事をするので、一緒に食卓にいると、ヨナシュさまがいつもよりたくさん食事をなさいます』

『沙智さんが毎日笑顔で廊下を歩いているので、掃除をする使用人たちも笑顔になります』

『沙智さんが庭園の木々に友達のように話しかけられるので、庭師たちも前よりも愛情をかけて手入れをするようになったそうです』

口々に言われるのはとても嬉しいことだけど、反対に、人間とはそういうことはしないのだろうか、自分はどこかずれているのだろうか、人間のように振る舞えるようになったほうが良いのだろうかという疑問も芽生《めば》えてきた。

(あ、でもみんなが喜んでくれるから、このままでいいのかな)

そんなことを考えていると、ふっとヨナシュが呟いた。

「沙智がきてから、お兄ちゃん、笑うようになったよね」

「え……」

「それまで笑ったことなかったよ」

「そうなんだ。あの……本当に?」

沙智が問いかけると、女性の使用人が「ええ」と言いづらそうにうなずく。

「お父さまが亡くなられたころから少しずつ笑顔をなくされた気がします。お姉さまが亡くなられたあとはさらに」

クリスマスマーケットで出会ったときは笑顔があったのに。

それに再会してからも彼はいつも笑顔を見せてくれる。

けれどそうではなかったのか――。

ふっと先日、図書室で耳にしたことを思い出した。

『いいんだ、私は誰も愛さないし、誰からも愛されたいと思わないから』

そのときの投げやりな、どこか冷めた表情は今も忘れられない。

『子供が生まれ、また苦しめるのかと思うと……この家は私の代で終わるべきだと思うんだ』

そんな哀しいことを口にしていた。

そこに彼が笑顔を失っていた理由があるのだろう。

(人狼の呪いか……。どうやったら解けるのか。ぼくにできることがあるかもしれない。探してみよう)


その翌日、オレクはヨナシュを連れて大学病院に行った。

『精密検査を受けるから、今日は一日シッターの仕事は休みだよ』

オレクがそう言っていたので、沙智は図書室にこもり、人狼とセドラーク家の歴史に関する本を読み始めた。

いつから人狼が人類の歴史のなかに現れたのか。どうやって人間と共存していたのか。しかしめぼしい記述は見当たらない。もしかすると、父の持っていた本に何かあったかもしれない。

森の家から持ってきた荷物を探してみよう。そう思い、図書室から廊下に出たとき、若い女性とばったり遭遇した。

「あなたが新しいベビーシッター?」

「えっ、は、はい」

「ああ、私はオレクの従姉《いとこ》のシモナ。よろしくね」

細くて背の高い女性だ。眼鏡をかけている。三十代半《なか》ばくらいだろうか。

「あ、はい、ぼくは沙智と言います」

シモナ……。どこかで聞いたことがある名前だ。誰だったか。

「それにしても……どうしてあなたに決まったのかしら。私が紹介した才色兼備《さいしょくけんび》の女性がいたのに。二次面接の前に路上で転んで大変だったと怒っていたけど、代わりにこんな子を雇ったりして」

そのとき、沙智はハッとした。

『大丈夫よ、シモナ。甥《おい》っ子といっても、病気持ちみたいだし、そんなに長くないかもしれないでしょう。私がオレクさまの子供を産んだら、その子が跡を継ぐことになるわ』

あの女性だ。彼女が電話で話していたのがこの遠縁のシモナさんだったのか。

「で、あなた、資格は持っているの?」

「資格?」

初めて聞く言葉だった。

「保育士の資格よ。当然取得しているわよね？」

「どうやったら取得できるのですか？」

「学校で保育の勉強は？」

「いえ、学校は行ったことないので」

「ええっ、何ですって。学校に行ってなかったの？」

シモナはひっくり返りそうなほど驚いていた。

「はい」

「呆れた。オレクは一体どういうつもりであなたを雇ったの？」

腕を組み、シモナは変な動物でも見るような目で沙智を見た。

「それは……ヨナシュくんと仲良くなれそうだからとおっしゃっていました。実際、とても仲良くできてます」

「仲良く？」

「はい、一緒に遊んでいるんです。ローラースケートやお絵かき、動物園にも行きました」

「はあ？　オレクは何を考えているのかしら。そんな遊び相手なら幼稚園に通わせればすぐに見つかるでしょうに」

彼女は財布を開けてユーロ紙幣《しへい》を十数枚数えると、ポンと沙智に手渡した。

「これ、あげる。出て行きなさい」

どうして、いきなりこんなことをされなければならないのか。

「いえ、もらえません」

当然のように沙智はユーロ紙幣をそのまま返した。

「退職金代わりにすればいいわ」

「ぼくはあなたに雇われていません。オレクさまの決めることです。彼に雇われているので」

「あら、意外としっかりしているのね」

ふっと笑い、シモナは返された紙幣を今度は沙智の上着のポケットに入れた。

「オレクには私から説明するわ。あなたは自分からここを出て行ったことにして。これは当座の生活費。次の仕事が見つかるまで大変でしょう?」

「どうしてこんなことをするのですか。こんな大金を渡してまで、どうしてぼくを追い出すのですか?」

「オレクに結婚して欲しいから。私の友人にちょうどいい感じの女性がいるのよ。ヨナシュも懐《なつ》くと思うわ」

「……結婚……ですか?」

「オレクは、誰とも結婚したくないそうよ。ヨナシュのために、一時、考えたこともあったみたいだけど、あなたがいるからヨナシュは安心だし、それなら結婚はしなくていいみたいなことを……」

　確かにオレクは自分の代でこの家系を終わらせたいというような、哀しいことを言っていた。誰からも愛されたくないし、愛したくもない……と。

「あの……ぼくがいなくなったら、オレクさまは、誰かと結婚するのですか?」

「それはわからないわ。でもあなたがいるよりは可能性は高いでしょうね。ヨナシュのために結婚する気になるかもしれないわけだから」

「じゃあ、ぼくがいるから結婚しないのですか?」

「そう言ってたわ。この前、縁談を持ちかけたら、せっかくヨナシュが新しいベビーシッターに懐いているのに、そこに別の人間を加えたくはない、と」

「オレクさまがそんなことを……」

「あれでヨナシュはけっこう気難しくてね。両親が亡くなったあと、ショックでしばらく口がきけなかったのよ」

「そうだったのですか」

「だからオレクは、ヨナシュが気に入っているあなたをずっとここに置いておきたいみたいだけど、それではセドラーク家に後継者ができないわ」

　確かにそうだ。ヨナシュが気に入ってくれるのはとても嬉しいけど。

「あの……あなたのお友だちは、ヨナシュくんが気に入りそうな方ですか?」

「ええ、優しくて明るくて。ローラースケートもできるし、アイススケートも得意よ。ヨナシュが喜んでくれるような相手だと思うわ」

「……オレクさま、そのひととなら、愛を育《はぐく》むこともできるでしょうか」

沙智はシモナを真摯《しんし》な眼差しで見つめた。瞬《まばた》きもせず、まっすぐ凝視《ぎょうし》する沙智に圧倒されたように、シモナは少しあとずさりながら「ええ」とうなずいた。

「オレクには幸せな結婚をして家庭を持ってもらいたいの。ヨナシュにも母親の愛が必要だわ」

あの台詞《セリフ》を聞いたとき、沙智はとても哀しかった。涙が止まらなかった。彼が愛に背を向けていることが。

思い出しただけでなにか鋭《するど》い刃物でえぐられたような胸の痛さを感じる。

オレクが幸せな結婚をして、家族を持って、愛を得る。そしてヨナシュに母親の愛が手に入るのなら。

「それなら、ぼく、ここを出ます」

迷いはなにもなかった。自分がいなくなったほうが二人が幸せになるのなら、そんなに嬉しいことはないのだから。

笑顔で言う沙智に、シモナは驚いたように問いかけた。

「えっ、いいの？」

「はい。それでオレクさまたちが幸せになるのなら、ぼく、喜んでここを出ていきます」

オレクさま、ありがとうございます。どうかお幸せに。

ここで過ごせてとても楽しかったです。

ヨナシュくん、元気で。アイススケートをする約束は果たせなかったけど、新しいお母さんとスケートしてね。

沙智はそのメモを書いた封筒をシモナに渡したあと、父の日記と本をリュックに詰めてセドラーク家をあとにした。

『オレクとヨナシュがいない間に出て行ったほうがいいわ』

本当は挨拶《あいさつ》がしたかったけれど、しないほうがいいみたいなので、やめておこうと思った。

「そうだ、このお金でバスに乗って、森に帰ろう」

もらったユーロ紙幣を手につかみながら、沙智はプラハ市内にむかった。

木枯らしが吹く季節になったせいか、風が冷たくて身震いが止まらない。

(どうかオレクさま、お幸せに。ぼく……エルベの森に帰ります)

森に帰れば、マミンカがいる。懐かしい大切な友、そして親のような存在。無性に彼に会いたくなってきた。

彼に会ったら言おう。

オレクさまのところで一緒に過ごせてとっても楽しかったよ。愛されることはなかったけど、すごく優しくしてもらえたよ。

そんなふうに言ってマミンカを抱きしめて、キスして。

それから、春になって自分が森に溶けるまでの間に、あのことを調べようと思った。オレクが言っていた呪いというものは本当に存在するのかどうか。

父の遺《のこ》した本、マミンカ、それから森の長老に尋ねることもできる。

もし呪いがあったとしても、人狼の末裔《まつえい》の自分なら、なにかオレクのためにできることが見つかるかもしれない。

（オレクさま、ぼく、残りの時間でそのこと調べますね）

原因がわかって、呪いが解けたら、オレクは幸せになれる。

そう思うと、気持ちが前向きになってきた。

急ぎ足で郊外から市内へ向かう幹線道路を歩いていると、後ろから誰かにドンっと突き飛ばされた。

「え……っ」

思い切り地面に転んだすきに、沙智の手から見知らぬ少年たちがユーロ紙幣を奪っていく。

「あっ、待ってて っ！」

困る。あれがないと電車にもバスにも乗れない。食事も食べられない。強く膝を打ってしまったが、沙智は必死に少年たちの後を追った。

待って、待って、返して。

坂道を降りて河を越えて、対岸に広がっている鬱蒼《うっそう》とした森へと向かう。

彼らのあとを追って森のなかに入って行った。

途中で靴が脱げたが、構っている余裕はなかった。とにかく姿を見失ってはいけないと思って懸命に追っていく。

そこはモミの木々や松の木々、色づいた白膠木《ぬるで》、楡《にれ》、ブナの木が所狭しと並んでいる雑木林《ぞうきばやし》だった。

「どうしよう……ここどこだろう」

結局、沙智は彼らの姿を見失ってしまった。少しずつ日が暮れ始めてきたせいか、森のなかは薄暗くてまわりがよく見えない。

元きた道を帰ろうと思うのだが、どれもこれも感じが似ていて方向がよくわからない。

「……っ」

沙智は辺りを見まわして愕然《がくぜん》とした。

人狼だったころは狼としての感覚が残っていたせいか、森で迷子になるようなことは一度もなかった。

けれど人間はそうではないのだ。改めて自分の聴覚や嗅覚《きゅうかく》が弱くなったことに気づく。それに方向感覚も変だ。

（そうか……そうなんだ）

こんなにも人間と狼とでは違うのか。

自分が森で立ち往生《おうじょう》してしまうなんて。たとえエルベの渓谷の森以外でも、そんなことが起きるなんて考えたこともなかった。森はいつも自分にとって故郷であり、家でもあったはずなのに。

沙智は、鬱蒼と群生するブナやモミの木の間の細い道を進んだ。

出口はわからないが、何となく木々の向こうに人工の光が見えるので、おそらくそこに向かえばいいのだということだけはわかる。

しかしどれだけ進んでも光が近づく気はしない。

足元には濡れた落ち葉が重なり、歩くとぐらっとしてさらに心許《こころもと》なくなる。その下に池や沼があってもわからないだろう。

恐怖を感じて歩いていると、ふいに森の向こうから荒々しい獣の息遣いのようなものが聞こえてきた。

（……熊だ……）

バキバキと枯れ枝を踏みしめる音とともに、低い唸《うな》り声が辺りに反響する。ゆらりと揺れる巨大な影が前から迫ってくる。これまでは当然のように森で共存していた相手なのに、なぜか凄《すさ》まじい恐怖を感じた。

「……っ」

とっさに沙智は後ずさった。熊が沙智に気づいて警戒しながら近づいてくる。

逃げなければ。早く、ここから逃げないと。少し後ろに進んでいくと、木々の間から月の光がさしこんできた。

赤い楓《かえで》や朱色の白膠木の葉が絨毯《じゅうたん》のように道を埋《う》めている。はらはらと舞い落ちてくる楓の葉。

その間を沙智は縫《ぬ》うように走った。

どこに逃げればいいのか。とにかく人のいるところ、人工の光のある方向にむかおう。

怖い。熊が怖い。森が怖い。闇が怖い。

こんな調子で、オレクの言っていた呪いについて調べることができるのだろうか。

呪いを解く鍵を探すことなんてできるのだろうか。焦《あせ》りと不安と恐怖が胸のなかでないまぜになっていく。

それでも今はとにかく熊から逃げなければと足を進める。あと少し。人工の光が近づいてきた。あともう少しで森の出口だ。

車が通っているような光も見える。大丈夫だ、と思ったそのとき、しかし濡れた落ち葉に足をとられ、沙智はその場に胸から倒れてしまった。

「あっ！」

後ろを振り向くと、大きな熊が追いかけてきていた。這ってでも前に行こうとするが、間に合わない、熊が背中につかみかかろうとする気配を感じた。

後ろからのしかかられそうな空気に身を縮《ちぢ》ませる。

しかし次の瞬間――――。

森の入り口のほうで馬の嘶《いなな》きが大きくこだました。

ビクッと熊が動きを止めるのがわかった。カンカツと馬が地面を踏み、闊歩《かっぽ》する音が聞こえてくる。

「あ……」

月の光がはっきりと射す秋の森のむこうから、白っぽいシルエットが近づいてくる。

金髪の男性と白い馬の影……。

（まさか……）

月の光のなか、黒いコートの裾《すそ》を靡《なび》かせながら、艶《つや》やかな白い馬に乗って現れた男性――オレクだった。

「オレクさま……」

熊はオレクの気配を察し、臆《おく》したのか姿が見えなくなっていた。

「よかった、きみの靴が街道に落ちていたから、もしやと思ってきたが」

沙智に近づき、オレクは白いスニーカーを取り出した。

「あ……それ」

「シモナが捨ててしまったきみの手紙、拾って読んだよ」

月明かりのなか、馬から降りてオレクが沙智に手を伸ばす。

「さあ、帰ろう」

「いえ……ぼく、追い出されたんじゃないです。自分から出たんです」

「うちにいるのが嫌になったのか？」

まさか。沙智は大きく首を左右に振った。

「そうじゃないです。でもぼくは……ぼくは……」

「理由はあとで聞こう。また熊が戻ってきたら大変だ。さあ、帰るぞ」

「あ……ぼく……お金をもらって。それを盗《と》られてしまって」

「盗られた？」

「はい、シモナさんからもらったお金を子供達に盗られて」

「ああ、このへんにいるスリの集団だな。わかった、その話も含めて詳細は帰ってからにしよう。とにかくついてきなさい」

オレクが優しくほほえんでくれる。

「いいんですか、帰っても」

「いいもなにも、きみがいなくなったと知って、ヨナが号泣《ごうきゅう》している。ヨナのためにも戻って欲しい。泣きすぎて、具合が悪くなってしまったんだ」

「え……」

そんな。具合が悪くなったなんて。

「いいな、戻るぞ」

「はい」


「沙智、沙智……どこにも行かないでね。沙智、沙智」

うなされながら自分の名前を呼ぶヨナシュに沙智は申し訳なさを感じた。

「チェフ先生がいつものハーブを用意してくれたので、少し落ち着いたが……三ヵ月分くらいしかなくて。この先、どうなるのかと思うと」

「ハーブ、足りないのですか？」

「ああ。見つけることができるなら、すぐにでも、車を出してエルベの森に行くんだが」

「それなら、採ってきます。お金、盗られたお詫《わ》びに、ぼく、今からエルベの森に行って。森の途中まで車で行けば、早く着きます」

立ちあがろうとした沙智の手をオレクが摑む。

「待ちなさい。なにを考えているんだ」

オレクが眉間に深いしわを刻む。沙智は笑顔で言った。

「まだ雪が降っていないので、採りに行けると思います」

「採りに行ける？」

オレクは困惑したような顔をしていた。

「はい、まだあると思うので採れるだけ採ってきます。雪が降ったら、冬が終わるころまで無理かもしれないけど」

くったくのない笑顔で思ったままの気持ちを伝える沙智に、オレクはさらに深々と眉間にしわを刻んだ。

「ふつうと違うとは思ったが……どうしてそんなものを採りに行けるんだ。あれは人狼の呪いによってできた谷だぞ」

「呪いは……ぼくにはよくわかりません。ふつうが何なのかもわかりませんし、どうして行けるのかも。でもぼくは場所を知っています」

「沙智……場所を知っているのはかまわない。だがとても危険だぞ。あんな場所まできみを行かせるわけにはいかない」

「いくらでも行きます。必要ならなんでもします。それがぼくの喜びなんです。ここから出て行ったのも、そのほうがオレクさまとヨナシュくんが幸せになるとシモナさんに言われたのでそうしようと」

「私たちの幸せのため？」

「はい、二人が幸せならそれがぼくの幸せなんです」

沙智は明るく笑いかけた。

「それが本当なら、きみはおかしい。まだ知りあって一ヵ月と少しなのに」

「はい、人間として知りあってからはそんなものです。でもずっと前に、オレクさまにお会いしたことがあって、ぼくはそのときからオレクさまを……」

「――っ、では、きみは知っていて、ここに」

オレクは声を震わせた。

「はい。クリスマスマーケットで、ぼくのところ、手伝ってくれましたよね」

「なら、どうして最初に言ってくれなかったんだ。きみは子供だったから私のことなど忘れてしまったと思っていたよ。ご両親を亡くしたばかりだと言っていたし、辛いことは思い出さない方がいいと思って、初めて会ったふりをしていたけど」

そうだったのか。あのときのこと覚えていて、ちゃんと気づいてくれていたのか。オレクさま、わかってくれていたんだ。

「あのあときみを探したかったんだが、父の遺産相続を初め、うちはずっと不幸続きだったんだよ。自宅の火災、姉が危篤《きとく》状態になったり……落ち着いてからマーケットの事務局に尋ねたんだが、わからないと言われて」

　探してくれていたなんて。嬉しくて胸がいっぱいになる。あたたかくて甘い綿飴《わたあめ》が胸にいっぱい溶けていくようだ。

「でもよかった、きみも覚えていてくれて」

　オレクはなつかしむような目で沙智を見つめ、淡く微笑した。

「本当に最初に言ってくれればよかったのに」

「迷惑かけたくなかったので。誘拐の犯人と間違えられたし、オレクさま、ヨナシュくんのことで大変だからよけいなことで気をわずらわせるようなこと、したくなくて」

「いい子だな。本当に昔と同じで天使のような心の持ち主だ、きみは。この世の人間とは思えないほど。それこそ負の感情がない。前にきみが言ってたけど、人狼のようだね」

「……」

　一瞬、顔が引きつりそうになる。人狼だとバレたかと思ったが、そうではなく、喩《たと》えでそう言ったのだとはすぐわかった。

「当時から浮世離れしていた。ちょっと普通の子供と違っていて。でもそれが新鮮だった」

「ふつうじゃないのはわかります。ぼく、学校も行ってないですし、家族もいなくて、エルベの森の片隅でずっと一人で住んでいましたから」

　心臓がドキドキと早く脈打っている。言葉もいつもより早口になっていた。

「あのとき、ご両親が亡くなったばかりだと言っていたが、あれからずっと一人でその森にいたの？」

「はい。あ、でも猫のマミンカがいたので本当の意味で一人ではありませんでした」

「猫……？　なら、一人ではないか」

猫と一緒だと一人ということになるのだろうか。

「よくわかりませんが、猫と一緒でもオレクさまが一人と言うのなら、きっとそうなのだと思います」

にこやかに言う沙智をオレクは少し困ったような眼差しで見たあと、手を伸ばしてきた。

「では、もう本当に遠慮なくここにずっといればいい。ベビーシッターとして堂々と暮らしていればいいんだから」

「あの、でも……ぼくは保育士の資格というものがないから」

「資格なんて必要ない」

「それに結婚の邪魔にもなると」

「邪魔だなんて、そんなことないから。シモナはここの財産狙いの親戚の一人だ。彼女の友人が私の妻になりたいらしく、それを利用し、財産を手に入れようと画策《かくさく》している親戚グループの一員だ」

「妻を選ぶのは悪いことですか？」

「前にも言ったが……私は結婚はする気がないんだよ。だから妻になりたいと言われても困るんだ」

「それはきっとシモナさんのお友達ががっかりするでしょう。ぼく、妻になりたい気持ちがわかります。オレクさまはとても素敵だから」

沙智の無邪気な笑みに、オレクはやれやれといった様子で苦笑いした。

「違うよ、彼女たちが欲しいのは、私の金だから」

「お金はぼくも好きですよ。お金があるとたくさんいいものが買えます。盗られてしまいましたけど、シモナさんにお金をもらって助かったと思いました」

「助かった？」

「はい、森に帰る交通費になります。この冬、森で暮らす服や食べ物が買えます。エルダーフラワーを見つけたらここに戻ってくる交通費になります。人狼の伝説について調べて、それをここに伝えにくることもできます」

オレクは沙智の肩に手をかけ、そっと額にキスしてきた。

「きみは本当に優しいね。ヨナのベビーシッターはきみ以外に考えられないよ」

「あの……本当にぼくでいいんですか？」

「ああ。ヨナシュを頼むよ」

「ありがとうございます」

沙智はぴょんとオレクに飛びついた。

「っ……どうしたんだ、突然……」

驚いたようにオレクが眉をひそめるのがわかったが、沙智はその背に腕をまわした。そして嚙みしめるようにオレクの肩にほおをあずけた。

「とっても嬉しいんです」

「嬉しいからって……きみは誰にでも抱きつくのか」

「オレクさまだから嬉しくて抱きついています」

「変わってる。きみは不思議な子だ」

「ええ、確かにぼくはちょっと変わっているとマミンカから言われます」

「猫から言われるのか？」

「はい」

「猫と話をするのか？」

「えっ……あ、ああ、ぼく、マミンカの考えていることはわかるんです。そうだ、今度、紹介しますね。ヨナシュくんも会いたいって言ってましたから」

「ヨナシュも？　そうか、ならそのうち紹介してくれ」

「わあ、マミンカに会ったら伝えますね。あ、でも、マミンカはぼくの親代わりは終わったって。だからぼくが独り立ちしたら一緒に暮らすって言ってるんです」

「本当に変わっている。猫のことをそんなふうに言うなんて。だが悪くない。そういうのはとても好きだ。きみといると気持ちが明るくなるんだ。胸の奥がふわっと」

「明るく？　太陽の光があるときみたいな感じですか？」

「ああ」

「でも、オレクさまの胸は全然明るく光っていないですよ」

「もののたとえだ。いい気持ちになるような……いや、ちょっと違う、太陽の光を浴びているときのような気持ちになるといえばわかるか？」

「春ですか？　夏ですか？」

沙智は目を大きく見ひらいた。

「春……かな。長い冬が終わって、春の太陽の光を浴びて、綺麗な花がたくさん咲いているような気持ちだ」

一番綺麗な季節だ。オレクは沙智といるとそんな気持ちになるらしい。

「嬉しいです。ぼくも、オレクさまといると、気持ちが明るくなります。春の太陽です」

そう言っているうちに沙智の眸《ひとみ》からぽろぽろと涙が流れ落ちていった。

「泣くほど嬉しいのか？」

「前もオレクさま言ってましたけど、幸せだけでなく、嬉しいとこんなふうに涙が出るのですか？」

「そうだよ」

「そうか、嬉しいときも涙が出るのか」

ぐすぐすと鼻をすすり、あふれ出てくる涙を止められないでいる沙智の背に手をまわし、オレクが身体を引き寄せてくれた。

「よかった、きみをヨナシュのベビーシッターにして大正解だった。無垢《むく》で無邪気で、清らかで……悪意というものがない。沙智のような人間といれば、きっとあの子も救われる」

「救われるって？」

「両親を殺されたんだ。目の前で、残酷《ざんこく》に。それ以来、悪夢を見るようになって」

「あ、シモナさんがそんなことを言ってました」

「ああ、だからできるだけ心の綺麗な人間をそばに置きたかった。あの子の頑《かたく》なな心を溶かして欲しくて。まだ時々見るようなんだ。きみと会ってからは随分なくなったみたいだが」

また涙が出てきた。今度は悲しい涙だった。

「ぼく、心が綺麗かどうかわかりませんが、ヨナシュくんが悪い夢を見なくなるよう頑張りますね」

「ありがとう」

オレクはそう言って沙智の肩を抱き寄せた。

華奢《きゃしゃ》な沙智の肩を抱くその腕が衣服の上からよりもずっとたくましいことに気づいた。しっかりとした骨格と筋肉とで形成されていることが伝わってくる。

その腕の強さ、そして彼から漂ってくるさわやかな香り。

身体の奥があたたかくなり、これまで感じたことがないほどふわふわとした優しい気持ちになっていた。

7

くるくるくるくる。ヨナシュが楽しそうにスケートをしている。

昨夜、急に冷えこんだので池が綺麗に凍ったのだ。

風はほおを突き刺すような冷たさだ。息も白くなる。けれど白樺《しらかば》に囲まれた池でスケートをするヨナシュはとても楽しそうだ。

「氷、割れないですか?」

「一応、使用人に確かめさせているが、太陽が出てきたらやめよう。ほんの三十分ほどしかできないが、ちょうどいいくらいだろう」

朝食前の時間帯。まだ空は青白く、東のほうがほんのり薔薇《ばら》色に染まっているだけ。空気は凛《りん》とした冷たさだ。

「すごいね。こんなナイフみたいな刃物でスケートをするんだ」

沙智《さち》はオレクからプレゼントされたスケート靴を履《は》き、ふらふらとした足取りで氷に降り立った。

「沙智、それは刃物じゃないよ。でも慣れるまでは危ないから私が」

オレクが手を伸ばす。そのとき、彼は沙智がつけているマフラーに気づき、かすかに目を細めた。

「それ……」

沙智はふわっと微笑した。

「ぼくの宝物です」

「そう……ありがとう」

やるせなさそうな、少し淋しそうな笑みを浮かべ、オレクは沙智のマフラーの先を結び直すと、手を握って氷を進み始めた。

スーッと身体が前に進み、沙智は驚いたような声をあげた。

「あ……っ」

バランスの取り方がわからず、思わず前のめりになった沙智をオレクが腕で抱きとめる。

「大丈夫、ローラースケートでやっていたときと同じ。身体の重心に気をつけて、氷に沿うように進むんだ」

オレクが後ろを向き、沙智の両手を持って進んでいく。

「あ……本当だ」

ローラースケートと変わらない。重心さえ中央に持ってくれれば、ぐらぐらせずに滑《すべ》ることができる。

「沙智、上手だね」

すーっと近づいてきたヨナシュが隣に立ってニコニコとしながら見あげる。

エルダーフラワーのハーブが効いたのか、体調が戻り、今日はとっても元気そうだ。

「じゃあ、ヨナはあっちのほうまで行ってくるね」

二人に背を向け、ヨナシュはすいすいと池の反対側のほうまで滑っていく。

「スケート、楽しんでいるみたいで良かったですね」

ぷっくりと膨《ふく》らんだほおはリンゴ色に染まり、大人になったら金髪になりそうな赤い髪もお人形のように愛らしく、なによりくりくりとした目が幸せに満ちるように輝いている。

その子が一心に慕《した》ってくれることに、沙智の胸はあたたかくなる。世界はこんなにも愛《いと》おしいのだという気持ちになって、人間になって良かったとしみじみと実感するのだ。

「ヨナの笑顔も、この穏やかな時間も……すべてきみのおかげだ」

オレクは沙智のほおに手を添え、そこにかかった髪を指先でそっと梳《す》いた。愛おしそうに、優しく。

「ヨナだけじゃない、私もきみといると自然に笑顔が出てくる」

白い息を吐きながら、オレクが微笑する。沙智は彼を見あげて言った。

「オレクさまの笑顔、とっても素敵です。初めて見たときも教会の聖母さまや天使さまのようにきらきらして、今も本当に綺麗です」

「沙智……」

「だから笑顔がないのはもったいないです。時々、ほほえんでください」

それだけで沙智の世界はもっと明るく、もっと幸せなものになる。

「……本当にきみには救われる」

オレクは沙智の背をそっと抱き寄せ、また額にキスしてきた。

「クリスマスマーケットのときもそうだった。きみがくれた言葉のおかげで前向きになれたんだ。あのあと、嵐のように大変だった家の問題も、前向きになろうという気持ちに支えられて乗り切れた気がする」

「ぼく、他のこと何もできないけど、前向きだけが取り柄だから」

「取り柄はたくさんある。かわいいし、優しい、それに賢い」

「賢い？　学校行ってませんよ」

突然の言葉に沙智は驚いた。そんなことを言われたのは初めてだからだ。

「学歴や学業によるものではなく、本来持っている知性というのかな、きみはとても賢いよ。純度の高い金のような、そんな知性を感じる」

「そうなんだ。だったら嬉しいな。マミンカからは、純粋な愛すべきバカって言われていたから。ぼくがとてもまっすぐだから心配だって」

「それは私もそう思う」

「え……今、賢いって……」

「そう、本質はとても賢い。でも同時に信じられないほどのバカだ」

「ええっ？」

「シモナに言われ、私とヨナを思って出て行こうとしたり、それでも森に戻って私のためにいろんなことをしてくれようとしたり」

「えっ、それはぼくが楽しいから。大好きな人のために役立てることって、とっても幸せで……」

「そういうところを、バカと言いたくなるんだ。愚《おろ》かなほどまっすぐとでもいうのか。心配になる」

「愚か？」

「褒《ほ》め言葉だ。きっとその猫のマミンカだっけ？　私と同じ気持ちからそんなふうにきみを案じているのだろう。マミンカもきみのことが大好きなんだろうな」

賢いけど……バカか。

わかったようなわからないような。でもただ一つわかるのは、マミンカと同じということは、オレクが自分を本当に大切に思ってくれているという事実だ。

「じゃあ、どんどん心配してください。とても嬉しいです」

沙智はふわっと笑った。

「沙智……」

「それって、ぼくのこと、嫌いじゃなくて大事に思ってくれるからですよね。だから嬉しい」

沙智が話している途中に、オレクはぎゅっと強く抱きしめてきた。

「オレクさま……？」

「すまない、抱きしめたりして。きみがあまりにもいじらしくて」

「……っ」

そんな、どうして謝るのだろう。とてもうれしいのに。

「ヨナが戻ってくるまで、太陽が氷を照らすまでこうしていたい。いいか？」

祈るように言われ、胸の奥がきゅっと何かに絞《しぼ》られたように痛くなってきた。あたたかいのに、心地よいのに奥の方が痛い。そんな感覚だった。

「はい……ぼくもこうしていたいです」

「ありがとう、沙智」

手のひらで後頭部を包まれ、彼の胸へと抱き寄せられる。

ふわっと甘い香りがしてきて、きゅっきゅっと、さらに胸が絞られるような気がして、沙智はオレクの背に腕をまわした。

大好きだ。前よりももっと大好き。

オレクさまが幸せなら嬉しいと思って生きてきた。今、そのために自分が少しでも役立てていることがどうしようもないほど幸せだった。


その日は、夕飯の後、三人で暖炉の前に並んで童話を読むことにした。

朝、たっぷりとスケートをしたヨナシュは、昼まで沙智とアルファベットの勉強をして、午後からは昼寝をして、夕方にちょっとだけ絵を描いた。

オレクは夕方まで部屋で仕事をしていて、沙智は自分で絵を描いて童話の本を作ってみた。

「これ、前にヨナシュくんが読みたいって言っていた絵本、作ってみたんだけど」

ヨナシュが読みたいと言っていたのは、アンデルセンの『人魚姫』だった。

チェコには海がないので、沙智は海というものを知らない。

写真や映像ではみたことがあるのだが、エルベの森の湖がもっと大きくなって広がったようなものかもしれないと想像して、エメラルドグリーンやコバルトブルーの絵の具で海を描いた。

「沙智の絵、とっても綺麗。それに人魚もお魚もとっても可愛い」

ヨナシュは笑顔で人魚姫の絵をなぞった。女の子の姿はよくわからないので、人魚の姿のときは、男の子とも女の子ともわからない絵になってしまったが、何となく昔のオレクに似ている気がする。

そして王子さまはなぜか自分に似ているのがちょっと変かもしれないが。

パチパチと薪《まき》が燃える暖炉の前で、三人で毛足の長い絨毯《じゅうたん》に寝そべり、絵本を読んでいく。

真ん中にヨナシュ。その両脇にオレクと沙智。

そうして読み始めたものの、人魚姫のラストがかわいそうだとヨナシュが泣いてしまい、なだめているうちに彼がすやすやと眠り始めた。

「じゃあ、次の本はやめて、今日はここまでにしようか」

オレクがパタンと本を閉じる。

「そうですね」

「きみの絵はとても可愛いね。チェコの人形劇の人形にもちょっと似ていてシュールな感じと、アニメーションの愛らしさが混ざって……それでいてとても自然の色が綺麗だ」

「母の影響で、人形劇の人形も作れます。次はマリオネットで物語を作ってみたいです。また人魚のお話がいいかな」

「このお話はダメだ」

「どうして……ですか？」

「……淋しい」

ぼそりと言ったオレクのほおを暖炉の火が赤く染めている。沙智はすいこまれるように彼を見つめた。

「どうしてですか？」

「ハッピーエンドじゃない」

「でも人魚姫は笑って海の泡になりましたよ。きっと好きな人のために生きられて幸せだったと思いますよ」

「これのどこが？」

「ぼくは……結婚だけがハッピーエンドじゃないと思います。人間になれて、大好きな王子さまと一緒にいられて、王子さまが結婚して幸せになるのを見届けて、その王子さまの船を包みこむ海の一部になれるなんて幸せじゃないですか」

沙智は笑顔で言った。

「……沙智」

「ぼくなら、幸せだと思いますよ」

「私なら思わない」

どうしたのか、オレクはムキになったように反論する。

「どうしてですか？」

「王子があまりにもバカだからだ」

「えっ、ぼくみたいに？」

「違う、きみとは正反対の意味の、単なるおバカだからだ。好きになる価値のないバカ坊ちゃんにしか思えない」

「でも優しいですよ。海から現れた縁もゆかりもない人魚姫を城に招いて、実の妹のように親切にしたのですから。そんな優しいひと、いないですよ」

ほほえむ沙智の肩に手をかけ、二人の間にヨナシュを挟んだまま、オレクはそっと唇を近づけてきた。

「ダメだ、そんなふうに思わないでくれ。きみのことが心配になるから。あまりにも清らかすぎて……そんなことまで優しいと思わなくてもいいんだと言いたくなる」

軽くほおに触れるオレクの唇が心地いい。それにとてもいい香りがする。

甘くて優しい香り。その芳香にずっと包まれていたくて、沙智はそのまま目を閉じていた。

それから三人でうたた寝をしてどのくらいの時間が過ぎたのか。

みゃおんというマミンカの声に気づいて目覚め、一旦外に出て、久しぶりの再会に沙智は歓《かん》喜《き》した。

『もっと貪欲に、自分が幸せになれるよう頑張らないと』

マミンカにそう背中を押され、励まされて部屋に戻ると、突然、オレクから信じられない言葉を告げられた。

「伴侶になって欲しい」

突然のオレクの言葉に戸惑った沙智だったが、それを耳にしたヨナシュが大喜びしたので、つい「はい」と言ってしまった。

その夜、ヨナシュが寝たあと、沙智はオレクの寝室に招かれた。

「一緒に夜を過ごしたい」

そうオレクに言われ、さすがに沙智もその言葉の意味を理解した。

オレクは自分と愛しあいたいのだ。身体をつなぎあわせて愛を分かちあいたいと言ってくれているのだ。

(信じられない……ぼく……オレクさまと結ばれるんだ)

考えただけで泣けてきた。ちゃんとその前に身体を綺麗にしておこうと思い、シャワーを浴びているうちに、同じように涙が溢れてきて、一生分、流れたのではないかと思うほど嬉しくて泣き続けた。

まだ人狼だって告げていないけれど。だからまだ完全に人間になることはできないけれど。

シャワーのあと、沙智は初めてオレクの寝室に入っていった。

壁にはミュシャの綺麗な絵画。部屋の中央には天蓋《てんがい》付きのベッドがあり、カーテンがかかっていた。

「こっちへおいで」

そこに連れて行かれ、オレクと並んでベッドに腰を下ろす。

「今夜、きみを私のものにしていいか?」

「はい……もちろんです」

「ありがとう」

「あの……ぼくが何者でも愛しいと思ってくれますか?」

「当たり前じゃないか」

「あの、例えば……妖怪の猫でも?」

うっかり変なことを尋ねていた。

「妖怪の猫? ああ、こんな可愛い化け猫がいたら大歓迎だ」

「あっ、じゃあ、吸血鬼でも? 夜な夜な血を貪《むさぼ》るような」

「なら私も吸血鬼になろう」

「あ、じゃあ、ゴーレムでも」

ゴーレムとは動く泥《どろ》人形で、主人の命令だけを忠実にきくという魔物のことをいう。チェコではけっこう目撃談があるらしい。

「沙智……もちろんきみがゴーレムでもかまわないが……実は私が嫌なのか?」

「え、ええっ」

「もし嫌ならやめよう。無理強《じ》いはしたくないんだ」

オレクが苦笑を浮かべる。沙智はその腕をつかみ、必死に首を左右に振った。

「いえ、嫌じゃないです。ただ怖くて、身分も立場も違うし……その……あの」

しどろもどろに言う沙智に、オレクは、何だ、そんなことなのかといった様子で息をつく。

「そんなこと……恐れなくてもいいのに。私はきみが何者でも大好きだよ」

本当だろうか。本当に？

胸がキュンキュンして、また甘いお菓子を詰めこまれたような幸福感に満たされていく。

「きみの絵、きみが作ったジャム、きみがヨナシュにかける優しさ、動物たちの世話をしている姿……きみに癒《いや》されると言っただろう。父を失い、姉夫婦を殺されて以来、誰も好きにならない、ヨナシュのためだけに生きようと思っていたのに」

前に聞いた話だ。彼の家と人狼との長く哀しい歴史。

「その話はまたいずれしよう。今はたまらなくきみを愛したいんだ」

オレクの唇が唇に触れる。沙智はピクリと身体を震わせた。

「いいな？」

「……は、はい」

オレクは沙智の肉体を抱き寄せた。

その返事を待ち受けたかのようにオレクは沙智を彼の胸に抱きこんだ。見あげると、唇が近づいてくる。

「ん……っ」

目を瞑《つむ》り、息を止め、硬くなっていると、オレクの唇がやわらかく沙智の唇を押し包む。

オレクから甘い花の香りがしてきて、どっと胸から彼への慕《した》わしさがこみあげてきた。鼓動が大きく脈打つのを感じ、沙智は少しだけ身体の力をゆるめた。

「……っ……」

顔の角度を変えながら唇を吸われ、口内に彼の舌が入りこんでくる。甘い。とっても甘くて優しい感触に胸がさらにドクドクと音を立てる。

こんなキスは初めてだった。マミンカがほおを舐《な》めてくるときとも、自分がマミンカにキスするときとも、パパやママがしてくれたのとも全然違う。

舌を絡《から》めとられると、そのままゆっくりと彼のなかに包まれていくような、そんな夢のように幸せな感覚を抱いた。

「ん……ふ……っ……」

そうして沙智に口づけしたあと、オレクは沙智の身体をそっとベッドに押し倒していった。

はらりとカーテンが下り、密室のようになった空間に緊張が高まり、沙智は人形のようにぎこちなく身をこわばらせていた。

「沙智、もう少しリラックスして」

かすかに震えている沙智のバスローブをオレクがそっとはだけさせる。

人間の前で裸になるのは初めてだった。

しっぽや耳が出ていないか心配で、ちらりとカーテンを見る。そこに映るシルエットもちゃんと人間のものだ。

それを確認し、ホッと息をついた沙智の上にオレクがのしかかってくる。

「あ……っ」

彼の足に触れたせいで、自分の中心にある生殖器《せいしょくき》が形を変えていることに気づいてびっくりした。だが、同じように彼のほうからも固くこわばっているものの存在が伝わってきてほっとした。

「すまない、驚いたか?」

「あ、いえ、ぼくも同じで……大人だけしかならないんですよね、これ」

性的な興奮を感じると、繁殖期に入った動物は子孫繁栄のために性行為をする。その結果ここが大きくなる。

けれど人間は繁殖のためだけでなく、愛を確かめあうためにもここを大きくして身体をつなぐのだと文献で読んで理解した。同性同士も求めあうのだと。

「ああ、これは二人ともが相手を求めている証拠だ」

「よかった……同じで」

はにかんだように笑って言う沙智の額に、またオレクがキスをしてくる。沙智はそのままオレクの背に腕をまわして、ぎゅっとしがみついた。

「ふ……ん……っ……ふ……っ」

くちづけを交わしながら、ベッドの上で互いの肉体を絡ませあう。

さっきよりもずっと、濃厚に彼が舌を絡めてくる。深く絡まっていくにつれ、沙智の舌先はじんじんと痺《しび》れてしまう。その麻痺したような感覚がどうにも心地よくて、沙智は甘い快楽のなかをさまよっているように感じた。

「初めて……だな?」

「……すみません……繁殖年齢ではありますが……交尾の経験は……ありません」

オレクはくすっと笑う。

「可愛い言い方をする。でもおかげで緊張が解けたよ」

「え……」

「沙智、これは交尾とは言わないいんだ。愛しあうというんだ」

愛しあう? そうだ、人間だから愛しあうのだ。ああ、なんて素敵な言葉だろう。

「交尾の経験もありませんが、愛しあうのも……初めてです」

そう告げると、オレクはふっと目を細め、うれしそうに沙智のこめかみにそっと唇を押し当てきた。

「きみは本当に素直で愛らしいな。愛しくてどうしようもない。今朝は愛しているかまだはっきりわからないと言ったが、今、わかるよ。こんなにも愛したいと思う相手はきみ以外にいない」

「……ぼくも……オレクさまを愛してます……。人を愛したの、オレクさまが初めてです」

「愛も経験もなにもかも初めてが私のものだなんて……もうしわけない気持ちになる。もちろんそれでもきみを愛しいと思う気持ちに変わりはないが」

「……オレクさまは……いっぱい知ってそうですね」

「そんなことはない。ただ余計なことは色々と知っている。……だから沙智が綺麗で嬉しい。きみの心が綺麗だから癒され、自分の魂も美しくなるような気がしてくるんだよ」

「なら、嬉しいです」

「ありがとう、大好きだよ、沙智」

そう言いながらオレクの手がじかに皮膚に触れてきたとき、さらに彼への愛しさが胸に広がっていくのを感じた。

人から受ける温《ぬく》もり。両親に抱きしめられたときのものとは違う。

人間と愛しあうというのはこんなにも優しい行為なのかと思うと、なにも恐れず、沙智はすべてをゆだねて彼と溶け合いたい衝動を感じた。

「ん……あ……そこ……っ」

初めて嬲《なぶ》られる。本当はとても恥ずかしかったが、唇で耳朶《じだ》を甘く嚙まれると、夢心地のような幸せな感覚が広がっていく。沙智の性器は彼の手のなかで少しずつ形を変え、先端からはいつのまにかとろとろとした蜜《みつ》を滴《したた》らせていた。

「ここも……素直なようだな」

「ご……ごめんなさい」

粗相《そそう》をしたような気がして沙智は全身を強張らせた。

「いいんだ、それで。きみが感じてくれないと私が切ないよ」

「ん……でも……」

彼の指先に亀頭の先端をトンとつつかれる。

「ああっ……ふっ……」

背筋がぞくぞくとしてきた。信じられないほどの心地よさにどうにかなりそうだ。

「っ……ああ……う……んんっ」

痺れたようになってぴくぴくと身体が震える。たらたらと沙智の性器からは蜜があふれて止まらない。

そんな沙智の反応を煽《あお》るかのように、オレクは今度は別の手で胸のあたりを覆《おお》い、指先で乳首に刺激を与え始めた。

「あああ……あ……ん……っ……ああっ、ああっ」

指の腹でグリッとされただけで、内腿《うちもも》のあたりがどういうわけかもどかしくて心許《こころもと》ない気持ちになってくる。

「ああ……っふ……あっ」

どうしてこんな声が出るのかわからない。

「乳首……気持ちいいのか」

確かめるように爪の先で胸の粒をこすられる。

「ああっ」

その途端、連動したようにカッと下腹のあたりにあたたかい波のようなものが流れる錯覚をおぼえた。

「ふ……ん……っ、ああっ、くっ……んんっ」

こらえようとしても、これまで自分から発したことのないような甘い声が喉から漏れてびっくりしてしまう。

「ん……っ……んんっ、オレクさ……ああっ、ああんっ、ああっ！」

甘い声が止まらない。恥ずかしい。つがいに甘えている森の動物たちの声と似ている。

胸と性器と両方から与えられる異様な体感に腰がくだけそうになっていく。

「感じているのか？」

「え…………っ」

感じる？　なにを？

「気持ちいいのか？」

「ごめん……なさい……はい……とても……気持ちいいです」

今までまったく知らなかった。そんなところがこんなにも気持ちいいなんて。そして気持ちいいということが感じるという行為だったなんて。

「いいんだ、それで。こんなに愛らしい相手は初めてだ」

「じゃあ……オレクさま……他の人とも……こんなふうに？」

「まさか。これまで誰かに欲情したことなど一度もないのに」

「えっ、今は……」

沙智はまっすぐオレクを見あげた。

「訊くな」

照れたように沙智から視線をずらし、オレクはぎゅっと強く根元をにぎりしめてきた。

ちょっと拗《す》ねたような顔がとても素敵で、胸が心地よい痛みを感じた。

「ああっ……んっ……ああっ……あっ……ん……ああっ！」

本当に心地いい。このまま、もっともっとのぼりつめたいと思った。

やがて奥をそっと指先で広げられ、奇妙な異物感に沙智は身体を縮《ちぢ》こまらせた。そこで交尾のように愛しあうのだというのはわかるけれど、さすがに緊張で沙智は硬くなってしまっていた。というのも身体の内部でオレクの指がうごめいているからだ。そんなこと、どうしてするのかわからない。

「沙智、身体を楽にして」

「あ……はい」

うなずきながらも、沙智はぶるぶると震えて彼の肩に爪を立てていた。

下腹の奥のほうが疼《うず》く。

これまで感じたことのない、身体が痙攣《けいれん》して、内腿がムズムズとするような不思議なむず痒《がゆ》さを感じて肌が汗ばんでくる。

自分がよくわからない。たまらない心地よさと幸福感と甘い気分でどうにかなってしまいそうだ。

「…っんっ、ふっ、あぁっ」

奇妙な声と呼応《こおう》するかのように全身の皮膚がふるふるとさざ波だっていく。

先端からあふれた蜜液が内腿を伝って尻の孔《あな》のほうまで濡らしている。いつしかシーツまでぐしょぐしょで恥ずかしい。

身悶《みもだ》えているうちに、オレクがそこから指を引き抜き、沙智の腰を高く持ちあげた。

「……えっ……」

ヨナシュのオムツを替えるときのような格好で足を持ちあげられ、沙智は大きく目をみひらいた。

「あっ……」

いやだ、どうしよう、恥ずかしい。丸見えだと思った次の瞬間、硬いものが腰の奥の方に押しつけられた。

熱く猛《たけ》った感触。オレクの性器だ。彼のものが形を変えて沙智の身体に挿《はい》ってくるのだ。

「ああっ、んん……ああ……っ！」

じんわりと入口を押し割られたかと思うと、内壁のなかに挿りこんでくる。

「ふっ、ああ……っん……くうっ」

沙智は身体をくねらせ、シーツを握りしめていた。

背中をそらせ、首を左右に振って沙智は体内を埋《う》めようとするものの圧迫感に耐えた。きつく唇を噛み締め、その衝撃に耐えようとする。

けれど気づけば、口を開けてハアハアと荒く息をついていた。

「すまない……少しだけ我慢して……くれ」

耳元に響くオレクの声。彼も苦しそうだ。

きっと沙智の中が狭くてきついのだと思うと、申しわけなくなって、沙智は無意識のうちに腰を高くしていた。

そのおかげて挿入が深まり、ぐぅっ彼が根元まで挿りこませてきたことがわかる。

「ん……ああっ……オレクさ……や……っ……ああ」

どくどくと体内で彼が脈打つ。少しずつ膨張《ぼうちょう》し、粘膜《ねんまく》を圧迫していく。沙智の内壁はわななきながらそれでも彼をすっぽりと包んでいる。

「あ……はあっ……んくっ……っ」

オレクが腰を動かすたび、沙智の下肢《かし》は痺れたような痛みを感じるのに、心は喜びで満たされていた。

不思議だ、こんなにも幸せを感じることがあるなんて。愛する人と一体になれていることがこんなにも素敵なことだなんて。

その事実が嬉しくて仕方ないのだ。

「ああ、はあ、あ……あっ！」

「可愛いだけじゃなく……今日の沙智はとても綺麗だ……とても眩《まぶ》しい」

沙智の腰にそっと腕をまわし、オレクはさらに深く腰を押し付けてきた。動きが加速し、苦痛よりも心地よい快楽の嵐が沙智の意識を蕩《とろ》かしていく。

「オレク……さ……ああっ…」

かすれた甘えるような声で彼の名を呼んでいる。

刺激のたび、身体の熱が高まり、気がつけば、ぴくぴくと神経を引っかかれるような激しい

快感に脳まで貫《つらぬ》かれていた。

「あぁっ、あぁぁ、あぁっ、あぁっ、あぁ――っ」

それが絶頂というものとも知らず、沙智は生まれて初めての射精をしていた。と同時に、体内でオレクが弾《はじ》ける。

「沙智……」

「ああ……んぅ…っ」

体内に広がっていくあたたかな彼の体液。ああ、この人が大好きだと改めて実感した。

どうか人間になれますように。

この人と伴侶になって、ちゃんと普通の人間になれますように。

そんな祈るような気持ちで、沙智はオレクにしがみつき続けた。

8

ほおにかかる吐息のあたたかさに、ふっと沙智《さち》は目を覚ました。

目の前にはオレクの綺麗な寝顔。沙智はうとうととしながらも、幸せな気持ちでオレクの寝顔を見つめた。

そうだ。昨夜《ゆうべ》はオレクさまと一夜を過ごしたのだった。

「ん……っ」

ちょっと身じろいだだけでも、まだ体内がじわっと熱くなる。皮膚までじんわりとしてくる。初めての激しい情交の余韻《よいん》なのだろうか。

「……オレクさま」

彼に抱きしめられたまま眠っている。

ああ、何て幸せなのだろう。そう思ったとき、天蓋《てんがい》から下りたカーテンにうっすらと映る自分のシルエットに気づき、沙智は心臓が凍りつきそうになった。

まさか、まさかまさか。

「――――っ!」

枕元の淡いスタンドの光。それでもそこに刻まれた影の明らかな違和感に沙智は息を殺した。全身がわななき、吐きそうになった。確かめなければ。

沙智はオレクを起こさないよう、そっとベッドから降りて、壁にかかった鏡の真正面に向かった。

息を止め、まぶたをぎゅっと瞑《つむ》ったあと、祈るような気持ちで目を開ける。

「――――っ!」

次の瞬間、目の前が真っ暗になったような気がした。

こんなことって。

戻っている。狼の耳が。それから尻尾が見えていた。

くらくらと眩暈《めまい》がする。夢ではないかと自分の手で耳と尻尾を確かめる。しかし鏡に映るものと同じだった。

(どうして……)

人間になったはずなのに。これだと人狼のままだ。

まだ空に月があるせいなのだろうか。

外が暗いせいなのだろうか。

沙智は全身を震わせ、ガウンを羽織《はお》って勢いよく外に飛び出した。

庭は一面雪景色だ。

「どうして……。どうしよう」

そのとき、ふっとマミンカが姿を現した。

『沙智、どうして逃げるんだ。なにを恐れているんだ』

「え……」

沙智の前にやってきて、尻尾を立て、マミンカが問いかける。

『オレクから愛されたんだな』

「うん」

『だから身体が変わったんだ。真実を告げる前に愛しあったりするから』

「え……」

『だから人狼に戻ってしまったんだ』

そうだったのか。真実を知らせないまま人間と愛しあうと、身体がこんなふうになってしまうのか。

「知らなかった……いきなり狼の耳と尻尾が出てくるなんて」

『すぐにオレクに見せないと、真実の姿を。人狼だってことを伝えないと』

「わかってる。でも……怖いんだ」

沙智は声を震わせた。

『その姿を見ても、オレクが永遠の愛を誓えば、人間になれるんだぞ』

それはわかる。だけど。

『沙智のその姿を見て、彼が愛せなかったときは人間にはなれない。最初からわかっているだろう』

「そう……わかっている……。ただ……彼の愛を失うのが怖くて」

彼のそばにいるだけで幸せ。役に立てるだけで嬉しい。そう思っていたのに、愛を捧《ささ》げられたとたん、失いたくないという気持ちが芽生《めば》えてしまった。沙智はとっさにマミンカを抱きあげた。

「……マミンカ……ぼく……どうしよう……どうしたら」

いいのだろう――と言いかけたそのとき、背後に気配を感じた。サクッと雪を踏む音が聞こえ、マミンカを抱いたまま顔をひきつらせて振り向いた沙智の後ろ――雪の積もったテラスの階段にオレクが佇《たたず》んでいた。

「沙智……」

「え……」

「きみは……きみは……人狼だったのか」

オレクの震える声がテラスに反響する。沙智は全身をわななかせた。

「あ……あ……っ」

なにも返せない。涙も出てこない。動くこともできない。どうしよう。

「どうして……どうして真実を伝えなかった」

それは……。

「あれほど我が家と人狼との長い確執の歴史を語ったのに。呪いの話もしたのに。きみはずっと真実を隠して……」

「……ち……っ」

違う、そうではないです。そう言いたいのに、唇がひくひくと動くだけで、沙智は凍りついたようになにも返せない。

「人狼だったなんて。知らないまま、愛してしまったなんて」

「……っ！」

「私は……人狼を愛してはいけないんだ。……それなのに」

そうだ、これまで何度も聞いてきた彼の家と人狼の間の呪われた歴史。そのことを知っていたけれど。彼の哀しそうな顔が胸を鋭《するど》く突き刺す。

「きみだってそうだよ、私を愛しちゃいけないのに」

「え……」

「私の父は……人狼の夫婦と一緒に亡くなったんだ。十年前、きみとクリスマスマーケットで出会ったあの少し前……父はエルべの森での怪我が原因で亡くなった」

エルダーフラワーを求め、エルべの森に行った彼の父親はそこで人狼の夫婦と遭遇した。その花を取ろうとするのを彼らが車で邪魔をし、追い詰められたオレクの父は断崖から落ちてしまった。

同時に車も滑《すべ》り落ちたとか。

その後、使用人達が崖《がけ》の中腹で重傷を負った彼の父を発見して、機械を使って引き上げた。

しかし人狼夫婦がどうなったか、使用人たちにもわからない。ただ崖の下に落ちている車を目にしたらしい。

（まさか……それって……ぼくの両親の車では？）

沙智は顔を強張《こわば》らせた。

「姉のため、どうしてもエルベの渓谷のエルダーフラワーが欲しかった。だから父は花を摘《つ》もうとした。だが……そのことに怒った人狼の夫婦に襲われたんだよ」

つまり自分たちは仇《かたき》同士だったのか。

愛しあってはいけなかったのか。

(そんなことって……)

激しい慟哭《どうこく》が沙智の全身を襲う。

この場から消えてなくなりたい。どうしようもない感情に全身が引き裂かれたような感覚が駆け抜けていく。

「ぼくは人狼です……。その夫婦はぼくの両親です」

オレクが無言のまま、絶望的な眼差しを向けた。その瞳に含まれた哀しみがぐさぐさと全身に突き刺さってきてその場に立っているのさえ辛かった。

「ぼくを……殺してくれますか?」

少しだけ声が戻った。いっそ殺してほしい。仇だというなら、このまま。

「いっそ、殺してください」

沙智は祈るようにオレクを見つめた。

「沙智……私がきみを?」

「はい」

『なに言ってんだ、沙智っ』

腕の中でフギャーっとマミンカが毛を逆だてる。

「もしそうしたいなら、そうしてください。ぼく……どうせ森の土になる予定なので。それならあなたに殺されたほうがいいです。あなたもすっきりする、ぼくもホッとする」

沙智の言葉に、オレクが一歩あとずさり、首を左右に振る。

「なにを言うんだ……殺すなんてできない。皮肉にもきみのその人狼ゆえの素直さのようなものに惹《ひ》かれたのだから」

人狼ゆえ――何という皮肉なのか。心を裂かれたような彼の声が胸に痛い。

「じゃあ……ぼくを……殺すことは」

沙智にとってはそうされることが幸せなのだが。

「そんなこと……できないよ。知らなかったからとはいえ、私はきみを愛したんだよ。愛した相手を殺せるわけないじゃないか。そんな苦しいこと、できるわけない」

苦しい？　そうなんだ、殺してくださいという言葉はオレクさまを苦しめてしまうのか。それはいやだ。

「じゃあ、言ってください。オレクさま……ぼくにどうして欲しいのか」

オレクは沙智から視線をずらし、小声で言った。

「せめて我々の目の前から消えてほしい。どこか遠くで元気に生きてほしい。それだけだ」

目の前から消える……。

彼のいない世界で生きていけと言っているのだ。

しかたない、彼にとって人狼は憎むべき対象なのだ。心のどこかでそんな気がしていたから、きっとこれまで真実を告げる勇気が持てなかったのかもしれない。

わかりました、と告げる代わりに、沙智はコクリとうなずいた。

出て行こう。ここから。

「あの……」

せめてヨナシュに会えないかとちらりと彼の寝室の窓を見たが、オレクはダメだと言わんばかりに首を左右に振る。

「会わないでくれ。その姿を見せることはできない。ヨナシュの両親も……人狼に殺されたんだから」

人狼がまだ他にいるのか？　最後の人狼は自分ではないのか？

「彼らもエルダーフラワーを取りに行こうとして……そこで人狼に襲われ……ヨナシュの目の前で殺された」

沙智は激しく混乱した。マミンカの話とはまったく違う。どうして……？

「本当に……本当にそうなんですか、ヨナシュくんの両親、殺したの、人狼……なんですか」

死にそうなほどの小さな声だが、沙智ははっきりと問いかけた。

「おそらく。でなければ辻褄があわない。その後姉のときにヨナシュも狼のような影を見たと言ってるし、車のドライブレコーダーに人狼の影が映っていた。今のきみのようなシルエットの影が」

「っ……でも……ぼくは……誰も……殺してません」

「きみだとは言っていない。殺したのは他の人狼だろう」

「他に……いません。ぼくは……人狼の最後の生き残りなんです……」

「――――っ！」

オレクは凍りついたような顔で沙智を見つめた。

「八年前、あなたのお父さんと一緒に亡くなったの、ぼくのパパとママです。それから……この世界には……ぼくしか……人狼は……いません」

沙智はキッパリと言いきった。

「ぼく……殺したりしてません。パパとママも人間に怒ったり襲ったりしません。あなたの家のために、いつもあそこの花を採《と》りに行って……チェフ先生に届けていたのに……怒ったりしません」

これだけは言わなければ。

「何だって。きみたちが……あの花を？」

「ぼく、そのあとも届けていました。あのハーブ、今ではぼくしか作れないんです」

「きみが？　人狼が我々にそんなことを？　ありえない、ずっと憎まれ、呪われていると聞いてきたのに」

オレクは信じられない様子で愕然《がくぜん》としている。

沙智の眸《ひとみ》にじわじわと涙が溜まっていく。生まれて初めて感じる怒りにも似た感情だった。

父と母が仇のように言われているのが悔しかった。

その瞬間、沙智は、ああ、そうなのだ、この気持ちが大事なのだと悟《さと》った。

人狼は嫌われる。人狼は殺される。人狼は悪者にされる。

そう聞いてきたから、ずっと忌《い》まれる存在、いけない存在だと自分のことを思っていた。だからオレクに知られるのが怖かった。でもそうではない。自分の生に誇《ほこ》りを持たないと。それがパパとママへの愛の証《あかし》でもある。

「……オレクさま……今、言ったことは真実です。ぼくたちは悪いことはしてないと思います。ぼくはヨナシュくんの両親を殺していません。でも……やっぱり人間とはうまくいかないんですね」

「沙智……」

今、ふっと身体を支えていた気力のようなものが消えるのを感じた。あきらめにも似た絶望が広がっていったからだ。もうなにをしても無駄だ、あがいてもどうしようもないのだから。

「ずっと人狼は嫌われていました。悪いことができないのに……負の感情をもたないのに、ずっと悪魔のように思われてきました。人間にとっては必要のない存在だからなんですよね。そして弱い個体だから子孫もいなくなって……今ではぼくだけ」

そうなんだ、そう、人間とは共存できないのだ。歴史がずっとそう語っているのに。両親がたまたまうまくいったからといって、自分もそうなれるわけがなかったのだ。

それでも幸せだった。人間と思われたままだったけど、それでも大好きな人から愛されて幸せだった。

「オレクさま、愛と夢と幸せをありがとうございました。ぼく、出て行きますね。遠くで暮らしますね」

沙智はマミンカを抱いたまま、テラスに戻った。足が冷たい。でも人狼の姿に戻ったせいか、人間のときほど冷たくはない。

「沙智、きみを愛しいと思ったのは事実だ。それだけは……」

苦しそうな、やりきれないような顔。こんなに辛そうな彼を見るのは初めてだ。

「わかってます。今日までありがとうございました」

オレクはとても混乱している様子だった。

当然だろう、これまで信じてきた価値観とは真逆のことを伝えたのだから。人狼は人を呪ったりしないと、すぐには信じてもらえないかもしれないけど、彼ならいつかわかってくれると思う。

そしてきっともう人狼を嫌ったりしなくなると思う。

「今から荷物をまとめて、夜明け前に出て行きます。この姿、見られないようにしないといけませんから」

では……と沙智はオレクに背を向けて自分の部屋にむかった。

不思議と淋しさも哀しさもなかった。むしろはっきりと言えてよかった。

そんな沙智にマミンカが声をかける。

『沙智……いいのか、本当に春までの命になってしまうぞ。このままだと土になってこの世界から消えてしまうんだぞ』

「いいんだ、少しの間だけでも幸せだったから」

少しだけ夢を見ることができた。それでいい。反対にとても心が軽い。

『……ひどいよ、オレクさま。沙智に惹かれているくせに』

「マミンカ、ぼくの代わりに、ここに残ってヨナシュくんの友達になってあげて。ヨナシュくん、マミンカと友達になりたいと言ってたから」

『できないよ、俺は沙智の家族なのに』

「ありがとう。でもね、ぼくはいいんだ。今ね、すごく清々《すがすが》しい気持ちなんだよ。だからね、もう何も思い残すことはないんだよ」

沙智は衣服を身につけながらさわやかにほほえんで言った。

『え……っ』

「マミンカと一緒にいた時間も幸せだったし、初恋の人と愛しあえたのも幸せだったし、ヨナシュくんとスケートできて楽しかったし、すごく慕《した》ってくれて嬉しかったし。でも一番幸せなのは、オレクさまに真実を告げられたことだよ」

『何だよ、それ』

「人狼は悪者じゃない。人狼が彼の父親を襲ったわけじゃない。人狼がヨナシュくんの両親を殺したんじゃないって」

『本当に沙智はバカだな』

その言い方、やっぱりちょっとオレクと似ている。

「だから、マミンカはヨナシュくんのところに行って。マミンカ、ぼくの代わりに彼を守ってあげて。それがぼくの最後のお願い」

『待てよ、最後って』

「ぼく、今からエルダーフラワーを採れるだけ採って、乾燥させておく。それでチェフ先生に、小屋の場所の地図を送っておくね」

『沙智、まさか、森の土に溶ける寸前まで、ハーブ作りをするのか』

「勿論《もちろん》。時間がもったいないから、小屋まで取りにきてもらうんだ。春になったらきてくださいって。ぼくはもういないけど。消える寸前までハーブ作るから」

『沙智……』

「それからミミズク先生にも聞いておく。誰がヨナシュくんの両親を殺したのか調べて欲しいって。人狼ではないけど、人狼みたいな生き物が他にいるのか」


冬の間、作れるだけエルダーフラワーのハーブを作る。

そのことだけを目標に頑張ろう。そう決意し、森に戻った沙智は、そこに残っていた文献やミミズク先生の話から、数日かかって、やはり人狼が人を襲ったわけではないという事実を確かめた。

『人狼の呪い？　そんなものはない。人狼は負の感情を持たない稀有《けう》な生き物だ。呪うわけがない。その証拠に、人狼の王が命を絶《た》ったあの谷で咲く花は、反対に人間たちの病《やまい》を治すではないか』

「では、どうしてセドラーク家は、一族に一人、病を背負うものが出てくるのですか」

『あれは彼ら自身が自分たちにかけた呪い、負の遺産だ。人狼狩り、魔女狩りをしてきた歴史。その悪行《あくぎょう》が彼ら自身の一族を蝕《むしば》んでしまったのだ』

そうだったのか。自分たち自身が。

（……負の感情は……負の人生を呼びこみ、負の運命をたどることになる……それわかる気が

する）

自分はそういう感情をもたないので、そういう人生も歩んでいない。

幸せだなと思うことのほうが多いから、幸せなことがたくさんあるのだ。

そんな実感を抱きながら、沙智は白いフードつきのダウンジャケットを身につけ、膝までのブーツを履《は》いて渓谷にむかった。

フードだけでは足りないので毛糸の帽子もかぶった。それから手袋。

エルベ渓谷の奥の森は凄《すさ》まじいほどの雪が積もり、すでに周りの景色は雪で見えないほどだ。

もう今はオレクの伴侶になろうという気持ちも、彼と愛しあって人間になろうという気持ちもない。

彼とヨナシュとマミンカの幸せな未来を祈る気持ち。人狼としての誇り。最後までそれを貫《つらぬ》くことしか考えていない。

愛するオレクと愛するヨナシュのためにできることをして消える。それだけでいい。ヨナシュがこれからはきっとマミンカを可愛がってくれるだろう。

自分が土に溶けてしまう前に、これだけはしなければという使命感と切迫感に沙智はつき動かされていた。

しかし五十センチ近く積もっているせいか、雪をかけわけてもすぐに転んで、まともに前に進めない。人狼でも、さすがにこれは辛い。満月の夜に狼にならなければ辿り着けないかもしれない。でも満月までまだまだ時間がある。一刻も無駄にしたくないからと思ってやってきたけれど。

「うわっ……ああっ」

雪を足をとられ、坂の上から滑《すべ》りそうになる。それでも何とか白樺《しらかば》の木に抱きついて立ちあがると、今度は上からバサバサと雪が降ってきた。

何度も埋《う》もれながらも、行き慣れた場所ではあるので無事に着くことができた。

「着いた」

渓谷までいくと雪がやんでいた。

断崖《だんがい》の突き出たあたりに花が咲いているのが見える。

いつもは満月の夜に狼になってここから飛んでいた。今、できるかどうかわからないけど、あそこまでなら飛べそうな気がした。

雪がクッションになってくれるだろう。そして花の咲く場所まで飛び降りようとしたそのときだった。

「沙智――――っ!」

低い声があたりに反響した。

「え……」

目をひらくと、背後のずっと先の方にオレクの姿があった。よほど急いできたのか、帽子が

なく、オレクの髪が雪に濡れている。

「どうしてこんなところに」

「……猫に……連れてこられた」

「え……」

彼の足元にはマミンカがいる。マミンカが得意げな顔でこっちを見ている。

「どうして……」

「ヨナシュがきみに会いたいと泣くんだ」

「でも……ぼくは……」

「チェフ先生から聞いたよ。きみのパパとママがどれほど優しい人だったか。私の父がエルダーフラワーの谷に行こうとしていると聞き、心配して止めようとしたようだ。それでも行こうとした父のせいで、みんな、谷底に落ちてしまったんだ」

「――っ」

「私の父が君の両親を殺してしまったようなものだ」

オレクは泣きそうな声で言った。

「きみにどう償《つぐな》えばいいのか」

「……っ」

「自分で自分を殺してやりたい気持ちだ。人狼がいたから、我が一族は今日まで生き延びてこられたのに……恨んだりしてすまなかった。ヨナシュの両親を殺したのは、人狼の呪いを利用したうちの親族だろう。今まで人狼の呪いを声高に主張していた者を調べることにした」

オレクの言葉に、沙智はホッとして微笑した。

「ぼくを……信じてくれたのですね」

人狼が殺したのではないと彼が確かめようとしてくれることが嬉しかった。

「きみを信じるよ、愛している相手なんだから。なのに傷つけた、それでも……きみはヨナシュのためにエルダーフラワーを採りに、こんなところまできたりして」

オレクは心配そうに周りを見まわした。

「ええ、今、採ってきますね」

沙智はくるっと彼に背を向けた。

「待て、危険だっ」

彼がそう言ったとき、沙智はずるっと足を滑らせてしまった。エルダーフラワーのある崖《がけ》に届かず、その間にある小さな湖へと滑り落ちて行ってしまう。

「あぁっ!」

狼ではないから、飛べなかった。届かなかった。

沙智の身体は一気に雪の谷底へと落ちていく。そこは湖ではなく滝壺《たきつぼ》だった。凍った水面に転がり落ち、衝撃でパキッとヒビが入る。亀裂《きれつ》音が響き、今にも割れてしまいそうな状態だった。

「ひ……っ」

「沙智っ、動くなっ、じっとしてろ！　今、助けにいく」

用意していたロープを使ってオレクが断崖を降りようとする。沙智はハッとした。

「ダメ、オレクさま、降りないで。ここにきた人間は……誰も助かっていない、やめてっ」

彼を止めなければ——とっさに立ちあがった瞬間、反動でパキパキと音を立てて氷が割れ始める。足元がぐらつき、身体が大きく揺れたかと思うと、あっというまに沙智は水底に吸いこまれるように落下していった。一気に肩まで落ち、渦巻《うずま》いていた水の流れのようなものに呑み込まれそうになってしまう。

沙智はとっさにもがいたが、氷が次々と割れるだけ。冷たい。冷たくて身体が痛い。水に逆らえない。もうダメだとあきらめかけたとき、しっかりと自分の手首を摑む手を感じた。

「沙智っ」

オレクだった。崖から降りてきて、氷のなかにはいりこんで沙智の手を摑んでいる。もう片方の手にロープを摑んで身体を支えて。ダメなのに。ここに降りてきたらダメなのに。ここにきたら助からないのに、どうして……。

絶望に目をみはる沙智をひきあげると、オレクは腕に強く抱きしめた。

「ダメなのに……ここにきたら……オレクさま……もう……」

「いいから。いいんだ、沙智。きみを喪《うしな》ってまで生きる気はない……ずっと一緒だから」

オレクは澄んだ笑みを浮かべ、自分が濡れるのも凍《こご》えるのもかまわず、ぐっしょりと濡れた沙智を愛《いと》しそうに抱きしめてきた。

「ごめんなさい……お花……採れなくて」

「もういいんだ。きみがいればヨナシュも元気になる」

みゃおんとマミンカが声をかけてくる。

『沙智、あっちの洞窟《どうくつ》に行ってあたたまるんだ』

「……オレクさま……マミンカについていって……あっちに洞窟があるって」

「わかった、マミンカ、つれていってくれ」

マミンカが洞窟のような場所に連れて行ってくれる。マミンカが進んでいった先になぜか毛布があった。それにそばにあるクーラーボックスのような箱の中にはマッチやライターと薪《まき》が入っていた。

洞窟のなかは、空気の流れのせいか、そこだけほわっとした暖かさに包まれていた。

『これ、沙智のお父さんが用意してたものだよ。エルダーフラワーを採りにきて、万が一遭難したときのためにと。十年以上前のものだけど、多分、使えるはず』

マミンカが説明することを沙智はそのままオレクに伝えた。

「さあ、ここで暖《だん》を取ろう」

オレクが薪に火をつける。

ああ、この腕。恋しい匂い。ガタガタと震えながらもオレクに抱きしめられているうちに身体にぬくもりが取り戻されていく。あたたかい。よかった。

「沙智、聞いてくれ。今言うことじゃないかもしれないけど、今、言いたい」

「え、ええ」

「もう迷わない。きみが好きだ。人狼でも何でも構わないと言いたいところだが、人狼だからこそきみを愛したことに気づいた」

「え……」

「そうだ、人狼のきみだからこそ。その穢《けが》れのない魂、清らかで優しいきみだからこそ」

声が震える。沙智は大きく目を見開いてオレクを見つめた。

「人狼だからこそ……」

「父のことを許してほしい。そんなことを言う資格はないかもしれないけど」

そんな……。

「どうか私の真の伴侶となってほしい。きみの両親の分も、きみを幸せにできるよう、どんな努力も惜しまないから、どうか私にきみを愛するチャンスをくれ。きみを幸せにできるチャンスを」

祈るように言われ、胸が熱くなった。

そんな、そんなこと。許すもなにも。両親は恨んでいないと思う。それどころか彼の父を助けられなくて残念に思っているはずだ。そんな人たちだった。

だから今、こうして沙智を愛してくれる人間が現れたことを天国から祝福してくれているはずだ。人狼でも愛したのではなく、人狼だからこそと言ってくれるその彼の愛を。

「ありがとう……オレクさま……人狼だからこそ愛せたなんて……とても嬉しいです」

しみじみと幸せを感じながらオレクの胸にもたれかかったとき、沙智は自分の耳や尻尾がないことに気づいた。

「まさか……えっ……」

ない、どこにもない。

「どうしたんだ」

「……尻尾と耳がないんです。ぼく……人間になったかもしれません」

さっきから感じている異様なほどの寒さもこれが原因だったのか。

「真実の愛、人狼だと知った上で愛してくれる人が現れたら、本当の人間になるって……」

そうか。人狼だからこそ愛しいという言葉がキーワードだったのだ。それが沙智が彼と共に生きていくための。

「オレクさま……ぼく……ぼく……」

沙智はぶるぶると震えながら、それでもまっすぐオレクを見つめた。

「人間でも……いいですか？」

「あ、ああ」

オレクも驚いたような顔でうなずく。

「いいよ、何でもいい。きみに変わりはない。人間として私と生きてくれるか」

「はい……はい、ぼく……オレク様と生きていきます。そして二人でヨナシュくんを育てていきたい」

沙智はオレクを見上げてほほえんだ。

「一緒に……三人で、いや、三人とマミンカで家族になろう」

家族に。ああ、本当の意味での家族になれるのだ。憎しみも恨みもなくなった先に存在した美しい真実。それにたどり着いたからこそ。

そのとき、地鳴りのような大きな音が轟《とどろ》いた。風が舞い上がり、大地を揺るがすような振動にハッと目をみはった瞬間、目の前にそびえていた雪の断崖に大きく亀裂が走るのが見えた。

バキバキと轟音《ごうおん》を立てて雪が雪崩《なだれ》のように滝壺に落ちて埋めていく。なにが起きているのかわからないまま、息を呑んでいると、吹雪《ふぶき》のように舞いあがった雪がおさまった向こうに上空から一筋の光が降り注ぎ、クレバスのようになった細い雪道ができていることに気づいた。

きらきらと天からの光を反射した凍った雪の谷。そのむこうに揺れる影が見えた。

狼？　それとも人間？

——さあ、こっちへ。この先にむかえば、きみたちの住む世界がある。

低い声があたりに響き、ゆらりと揺れた大きな影が雪道の向こうへと消えていく。オレクがぎゅっと沙智の手首をつかむ。ハッとして見上げると、彼は大きくうなずいた。

「行こう。きみの両親か人狼の王かわからないが……助けられたんだ、私たちは」

「はい……」

「だから幸せになろう」

ああ、ふたりは人狼たちの魂に祝福されている。そんな気がした。

パパ、ママ、ぼく、オレクさまと幸せになるね。そしてパパとママの分も幸せになるね。

プラハの街は純白の雪化粧に覆《おお》われていた。

天文時計が鳴り響く中、ティーン教会の前の広場に、クリスマスの美しいツリーが飾られ、仮設ステージで聖歌隊が歌う中、クリスマスマーケットが盛大に催《もよお》されていた。

雪のかけらが花びらのように頭上から舞い降り、ヨナシュとオレクと沙智の三人が用意した店舗にも水晶を散りばめたように煌《きら》めいていた。

イルミネーション、ライトアップがこんなに美しいものだったとは。

「さあ、今年からここが我々のクリスマスマーケットだ」

オレクが店をひらく。

そこには、ヨナシュと一緒に沙智が作ったジャムの瓶《びん》が並んでいる。蓋《ふた》にはヨナシュの描いた絵。

かつてオレクと一緒に売ったものをまた同じように、今度はヨナシュも一緒にみんなに届けるのだ。そしてマミンカもそこにいる。

聖歌隊から聞こえてくるクリスマスソングが耳にとても心地いい。心が弾《はず》むような、それでいて少しばかり切ないメロディだった。

オレクはマーケットにはそぐわないような、上質の黒のトレンチコートを身につけ、貴族の若様といった風情《ふぜい》が漂っている。首からはチェックのマフラー。出会ったときもこんな感じだったと沙智はなつかしい気持ちになった。

一方、ヨナシュと沙智は、お揃いの白いダウンコートを着ている。

沙智がそばにいるとヨナシュは元気になる。長老の言葉や古い文献から、その意味がようやくわかった。

人狼の王が示した人間への愛。

それの真の意味に気づき、同じように愛で受け取めたとき、セドラーク家が自分たち自身を蝕《むしば》ませてきた呪いのようなものから解放されたのだろう。

「すごいですね、ぼくたち、数百年分の思いも抱えているんですね」

沙智の言葉にオレクが「ああ」とうなずく。

「でもだからといって使命感を持つ必要はないと思う。私と沙智の二人の人生を楽しめば。二人とヨナシュとマミンカが幸せなら、その先に新しい我々の未来があるのだから」

八年前、一人ぼっちで寂しくて仕方なかったクリスマスマーケット。

両親がいなくなって、最後に彼らの残したものを世界に届けたくて森から持ってきた。それを助けてくれたオレク。あのときからずっとオレクが好きで好きで仕方なかった。その思いが届き、さらには二人の間にヨナシュという可愛い義理の子供もできて、沙智の親代わりにマミンカもいて、人狼と人間との確執や誤解も解けて、今、何という素敵なクリスマスを過ごしているのだろう。

向かいの店では、トルデルニークがくるくると回っている。

シナモン混じりの、焼いたばかりのバームクーヘンのようなお菓子。その甘く香ばしい香りを吸っただけで空腹感が刺激される。あとで買いに行って、三人で食べよう。いや、三人と一匹で。

幻想的な夢のような世界。ひとときのチェコのおとぎの世界のようなクリスマスが沙智には幸せで仕方なかった。

御曹司の初めての甘い純愛

1

「オレクさま、こちらの書類ですが、明日までにご確認いただけますか」

退社時間になり、エレベーターホールに向かっていると、慌てて廊下にやってきた秘書がタブレットを持って近づいてくる。

「ああ、私のアドレスに転送しておいてくれ」

「わかりました。それからドイツの工場の件ですが」

「それなら、もう返事をした」

エレベーターが到着し、中に入ろうとすると、重役を勤めている親族がボタンを押して扉が閉じるのを止めようとする。

「オレク、トルンカ社との合併《がっぺい》の件……断るつもりなんだって？」

「ええ」

「事業拡大のチャンスだぞ。チェコだけでなく、スロバキアやポーランドまで事業を拡大させることができるというのに。そうなればうちは一大リゾート企業になるぞ」

「いえ、今のままで十分です。この国の美しさ、この国の文化を守っていく担《にな》い手であれば、それでいいので。では失礼します」

そう言うと、オレクはエレベーターのボタンを押した。

扉が閉まり、束《つか》の間の静けさに包まれる。オレクはほっと一息ついた。

人狼との確執が解決したあと、あの森からこれまでのように拒絶される心配がなくなったのもあり、オレクはエルベの森の一部の美しさを紹介しようと、今、観光事業のための準備に力を入れている。

オレク自身は地元の美しさを守りながら伝えられればと思っているのだが、会社の重役たちは、これを機にスロヴァキアの旅行会社と合併し、中欧と東欧のインバウンドによる収益拡大を狙おうといろんな話を持ちかけてくる。

（それはそれでいいのかもしれないが……私はそこまで会社を大きくしたいわけではない。もっと静かな幸せのようなものを求めているのだが）

オレクはふと外に視線をむけた。

自分が生まれ育った街はこんなに美しかったのか——と、澄んだ気持ちになりながらガラス張りになったエレベーターを降りていく。

真っ白な雪に包まれたプラハの街を眺めていると、心が浄化されるような気がする。心だけでなく、魂も。

手袋をつけ、帽子をかぶってオレクが社屋《しゃおく》を出ようとすると、いつものように送迎用の黒い車が玄関前に停車していた。

「車はいい。今日は寄るところがある」

そう声をかけたものの、運転手が外に出てきて、後部座席を開けようとする。

「ああ、ヨナシュさまのお稽古《けいこ》ごとですよね。今日は雪が大変そうですから現場までお送りいたしますよ。三月なのにこの雪はめずらしいですね」

「大丈夫だ、歩きたいから。ご苦労さま、もう帰っていいから」

社屋をでたあと、オレクはプラハの旧市街を進んだ。

ライトアップされたプラハ城が宵闇《よいやみ》のなか、ひときわ明るく煌《きら》めいている。

しんしんと降る雪をまとった十二世紀からあるカレル橋。その手前の横断歩道の前で立っていると、近くの店舗からトルデルニークの甘い匂いが流れてきた。それに後ろの教会から聖歌が聞こえてくる。

透明感のある聴き心地のいい歌声。

こうして街を楽しみながら、ちょっとした音や香りを味わうのもいいものだ。心にゆとりがあるからこそ感じられる。

信号が変わり、カレル橋のたもとにいくと、土産物屋の前で沙智《さち》が不思議そうな顔をして、軒先《のきさき》に並べられたマリオネットを眺めていた。

「沙智、なにをしているんだ。帽子もかぶらないで。髪が濡れているじゃないか」

オレクは傘を出して沙智の頭上を覆《おお》った。

「あ……オレクさま。そうですね、雪が降ってますね。この子たちを見ていたら楽しくて気づきませんでした」

ふわっと微笑する沙智は、いつどんなときでも屈託《くったく》がなく愛らしくて、オレクの胸を浄《きよ》らかな幸福感で満たしてくれる。

沙智が人間になってから三ヵ月。

人狼だったころから比べると、大人びたような気もするが、キラキラとした透明感は以前と変わらない。少し人間離れしたような清らかさは人狼ゆえかと思っていたが、もともとの彼自身の資質だったらしい。

「マリオネット……今度、見にいくか?」

「え……」

「この国は人形劇が有名なんだ。すぐ近くのマリオネット劇場で、毎夜、ドン・ジョヴァンニをやっている」

「……ドン・ジョヴァンニってなんですか?」

「モーツァルトのオペラだ。スペインの伊達男《だておとこ》ドン・ジョヴァンニが主役だ。確か、女性を泣かせすぎた結果、最終的に天罰があたって怖い目にあう……そんな話だ」

あらすじを説明しながらも、本当にそんな話だったのか、実際よくわかっていないことに気づく。おそらくそれであっているとは思う。

「モーツァルトって?」

「ああ、隣の国の作曲家だ。彼が作った音楽劇がオペラで、そのなかでも人気があるのがドン・ジョヴァンニだ。有名なアリアがいくつもある」

「もしかしてマリオネットたちが動き出して、そのオペラとやらをやるんですか?」

沙智が眸《ひとみ》をキラキラと輝かせて問いかけてくる。

「いや、動かないよ。人間が紐《ひも》を使って動かして、マリオネットたちが音楽劇をやってるような感じで公演を行うんだ」

「なんだ、マリオネットたちが実際に動くわけじゃないんですね」

少ししょんぼりした沙智の横顔がとてもかわいくて胸が甘く疼《うず》く。

そうか、彼はマリオネットが命を宿《やど》し、動きだすのではないかと期待していたのだ。

彼のこういう発想。時々、その新鮮さにハッとすることがある。不思議ではあるけれど、すーっと心が浄化されていく気がする。

というのも、自分も子供のころにそんな気持ちを抱いたことがあるからだ。社会生活を営《いとな》んでいるうちにすっかり忘れてしまったけれど、もしそうだったら素敵なのに、もしそうだったら楽しいのに——と、想像していたことがいくつもあった。

(ヨナシュでさえ、もう思いつくことはないようなことを……)

ずっと森で暮らしていたせいか、彼は知らないことが多い。普通の人間なら当然知っているだろうと思うことを彼は知らない。だからすべてのことを純粋に、彼の心が感じるままに受け止めるのだ。そういうところがとても好きだ。

「……沙智、学校は楽しいか？」

「はい」

笑顔で答える。本当だろうか。少し不安になる。

彼は年明けから、市街地にあるメディカルハーブの学校に通うようになった。午前中は自宅でヨナシュと一緒に簡単な勉強をし、午後からは三時間ほど路面電車に乗って専門学校に通っているのだ。ハーブの知識はあるものの、人間社会でそれをどう活用すればいいのか、沙智はよくわかっていないところがある。仕事にしていく上での資格も必要だ。このままではせっかくの知識がもったいない。

だから学校に通って資格試験に挑戦する——ということになった。と同時にこの世界で生きていくための社会性のようなものを少し身につけられたら……との思いもあった。沙智自身もそれを望んでいる。オレクやヨナシュと生きていくために、懸命に人間社会の常識を身につけようとしているのだ。

「さあ、行こうか」

手を差しだすと、はにかんだように微笑し、沙智がオレクの手を取る。

「車のほうがよかったか？」

「あ、いえ、ぼく、オレクさまとこうして一緒に街を歩くのが大好きです」

「私もだ。きみと歩いていると、街がいつもよりずっと美しく見えてとても好きだ」

こうして一緒に日常を過ごすうちに、沙智が少しずつ人間の暮らしに馴染んでいってくれたらとても嬉しい。自然な形で、無理をせず、のんびりと。

これまで沙智は森の家でずっと暮らしていた。

時々、恋しくなるのだろうか、雪の降る夜、沙智はオレクの家の北側のベランダに立ち、マミンカを抱いて遠くを見ていることがある。エルベの森のある方向だ。

そんな姿を見ていると、雪まじりの風にすーっと抱きとめられ、そのまま彼らが森へもどってしまうのではないか——という言いしれない思いが胸を覆う。

沙智にはあちらでの暮らしのほうが合っているのではないか。オレクのために無理に合わせようとしているのではないか。振り払っても振り払っても、次々と不安が胸に湧《わ》く。

「沙智、不自由なことはないか?」

「いえ、オレクさまのそばにいられるだけでとても幸せなので、そんなの、考えたことはありません」

学校は……と問いかけ、オレクはハッとした。何度も同じ質問をしている。しかしこちらの言葉の意図を察したかのように、彼は笑顔で言った。

「知らないことを学ぶのはとても楽しいです。人間は、みんな、あんなふうに学校に行って大人になっていくのですか?」

「そうだ」

「オレクさまも?」

「ああ、英国の学校を卒業したよ。いろんなことを学んだ」

「なら、ぼくもいろんなことを学びたいです。前にお医者のチェフ先生がぼくならメディカルハーブの調剤師になれると言ってました。だからなりたいです。でも……」

沙智が少しうつむき、言葉を詰まらせる。

「でも?」

「あ、いえ、学校は本当にすごいところですね。このハーブは風邪にいいとか、このハーブは肌にいいとか……これまでも、何となくの感覚ではわかっていたんですけど、そこに、ちゃんとした理由や意味があって、どう活用するのがいいのか、調合したときの効果やその時間……そんなの、全然、わかっていませんでした。学校に行って、それを知ることで、ぼく、もっと以前よりもハーブが好きになりました。いっぱい育てて、役立てたいです」

顔を上げて本当に幸せそうに沙智がほほえむ。オレクはつられたように微笑した。人間になってからも、この真っ白な雪のような彼の本質は変わらない。彼の言葉の一つ一つが鼓膜《こまく》に溶けるたび、あたたかさが胸に広がり、全身が心地よいぬくもりに満たされていく。

「……お話できる友達はまだいませんが、先生はとても親切ですし、勉強できてうれしいです」

「楽しいのならよかった。安心したよ」

「え……何か心配されていたのですか」

「いや」

その真《ま》っ直《す》ぐな目、無邪気に見える笑みにほっとする一方で、やはり彼にはまだ早かったのではないかと、これまで少しばかりの迷いが胸を覆っていた。自分は当たり前のように人間社会で育ってきたが、そうではない環境で育った者が、そこに入り込めるのかどうか想像するのはなかなか難しい。

だからついついいつもいつも同じ質問をしてしまうのだ。

カレル橋を渡り、広場から路面電車に乗って少し行った先に二人の目的地があった。

「さあ、着いた」

場所はスケートリンク。最近、身体が丈夫になったヨナシュは、保育園の後、ここでスケートを習っているのだ。

小さな子供ばかりが通うスケート教室。さすがに自宅でたっぷりと練習をしていたヨナシュは他の子供たちよりもずっと上手だ。

以前は喘息《ぜんそく》があったので、少し滑《すべ》ると息を切らしていたが、沙智が人間になったと同時に、ヨナシュの病気も良くなり、今では息を切らすことなく進むことができるようになった。

それがとても嬉しいのか、ヨナシュは真剣にスケート選手になりたいと専門の教室に通うようになった。

「わあああ、すごい、ヨナシュくん、とっても上手になりましたね」

沙智はリンクサイドに行くと、手すりにしがみついて声をあげた。リンクの中央でくるくるとヨナシュが綺麗にまわっている。スピードスケートでもいいし、アイスホッケーでもいいが、小柄で愛らしいので、彼にはフィギュアスケートが合っているのかもしれない。

「沙智、きみも滑ってきたらいい」

もともと運動神経がいいのだろう。沙智もすっかり上手に滑れるようになった。

「オレクさまは?」

「私はいい。今日はスーツだし」

笑顔でそう言ったものの、実はあまり得意ではない。さすがに普通に前に滑ることはできると思うが、先日滑ったときもすぐに沙智のほうが滑れるようになった。

ヨナシュの相手をして鍛《きた》えられた沙智の方が今ではすっかり上手だ。

この自分が彼らよりもうまく滑れず、氷の上でもたもたよれよれと歩き、へっぴり腰のまま転んでしまうような真似ができるわけがない。

「今度、休みの日にくるときは、一緒に滑ってくださいね。ぼく、オレクさまと手をつないで滑りたいです」

そんなことになってオレクの方が手を引っ張られる形になったらどうするのだ。

屈託のない沙智の言葉に、オレクは笑顔で「そうだな」と言いながらも、絶対に休日にスケートリンクに来るのはやめようと心のなかで決意していた。

「そうだ、オレクさま、あの……もしよかったら」

少し遠慮がちに、スケート靴の紐を結びながら沙智が話しかけてくる。

「よかったら……？」

「オレクさまと一緒に滑るのなら、ぼく、森の湖で滑ってみたいです」

湖、森の湖で？

それはエルベの森の？

一瞬、困った顔をしてしまったのかもしれない。すぐに返事をできなかったオレクの態度に何か察するところがあったのか、沙智は「いえ」と笑顔で首を左右に振った。

「何でもないです、じゃあ、滑ってきますね」

沙智はこちらに背を向け、リンクの中央にいるヨナシュの元へ向かった。

森の湖で滑りたいのか。

つまり、エルベの森に帰りたいのか。

それならそれで良いではないか。休みの日にみんなで森に行けば。

沙智が両親と暮らしていた森の奥の家は、いつでもみんなで行けるように修復している。

しかしそこで過ごすのはさすがに不便なので、森の入り口にある小さなハーブ園の購入を検討しているところだ。

地質的にも気候的にもハーブを育てるのにちょうどいい。森に行くのも便利だし、プラハにも車で一時間半の距離。沙智がメディカルハーブの調剤師になりたいなら、いつでも行き来できるよう、プレゼントしようと考えているのだ。マナーハウスもついているので夏の別荘にするのも可能だ。

そうすれば沙智は喜ぶだろう。けれどまだそのことを決めかねているのは、オレクの心のなかにいい知れない不安の種があるからだ。

（沙智は……遊びに行きたいと言っているだけだ）

なのに、どうして心の中が重く暗い感じになってしまうのだろう。

それはおそらく幸せすぎるからだと思う。

リンクサイドに立ち、オレクはきらきらと微笑する沙智とヨナシュの楽しそうな様子を眺めながら、どうしようもないほどの幸福感を抱いていた。

この穏やかな、平和な、笑顔の絶えない愛にあふれた生活を失いたくない。ようやく手に入れた幸せな生活なのだ。

一生、誰も愛さない、誰とも愛しあってはいけない。人狼の呪いがかかってしまう……と思ってきた人生から解放されて、今、普通の平和な生活を手に入れることができている。

開発事業を行っている伯爵家の仕事は順調だし、十分すぎるほどの収入と豊かな暮らしが未来まで保障されている。

国も政治が安定している。冷戦時代のような不自由さもない。何か大きな国際的な不安が襲ってくることもない。

街は美しく、人々は明るく、花や木々も豊かで、本当に何一つ文句のつけようがない生活を送っている。

だからこそ失うのが怖いのだ。

愛するパートナーと二人が親代わりをしている小さな子供、そして愛らしい猫との暮らし。

それがあまりにも幸せだから。


「……」

夜、沙智の声が聞こえ、目が覚めると、ベッドの隣に彼の姿がなかった。

どこにいったのだろう。心配になり、オレクはベッドからおり、話し声のするベランダへと向かった。

見れば、雪の庭を眺めながら、沙智がマミンカと話をしている。

「……」

マミンカの言葉は、オレクにはにゃーにゃーという猫の声にしか聞こえない。けれど人間になったというのに、以前のように沙智はきちんとマミンカと会話という形でコミュニケーションが取れるらしい。

（それも不安のひとつだ。沙智にとってマミンカは家族だし、ああいう存在がいることはとても素晴らしいことではあるけれど……）

それでもやはり沙智は自分とは違う異質な世界の人間、あるいは異質な存在ではないかと不安になるのだ。

こんなにも愛しているのに、こんなにも愛《いと》しいのに、こんなにも大切なのに。

自分が彼のすべてを知らないことが哀しい。自分が彼と全て同じでないことに、寂しさというか悔しさというか何とも言えないもやもやとした気持ちになってしまう。

それと同時に自分がこんなにも独占欲が強く、こんなにも愛に執着する人間だということにもいまだに戸惑いを覚えている。

オレクはガラス戸の前に立ち、マミンカと話をしている沙智の背中を見つめた。

「……」

やはりマミンカの声を自分は言葉として認識することができない。

「でもね、学校に行くのは楽しいんだよ。知らないことを勉強するのはいいことだとマミンカだって言ってたじゃないか」

沙智の言葉はきちんとした人間の言葉としてオレクの耳にも聞こえる。学校の話をしているらしい。昼間、オレクと話していたことと同じだ。

「……」

マミンカがなにか話をする。

「そうなんだ、やっぱりそうなのか。もう人間になったから、僕はハーブをうまく作ることができないのかな」

沙智の寂しそうな声。人間になったからハーブをうまく作ることができない？

そういえば前に沙智が言っていた。

人狼には不思議な力がある。ハーブを育てるのが得意だとも、特別なハーブを採りにいくことができるとも。よくわからないのだが、オレクには想像できないなにか違いがあるのかもしれない。

「……」

マミンカがまたなにか言葉らしきことを口にする。すると沙智は肩を落として呟く。

「そうだね、仕方ないね。人間になることができるなら、もう春に森の土になってもいいと思っていたくらいなんだから。ハーブを育てる力を失っても、ここにいて、オレクさまと過ごせるだけで本当にとても幸せなんだけど」

「……」

「うん。ずっと欲しかった愛が手に入ったんだから、贅沢《ぜいたく》を言っちゃいけないね」

「……」

「大丈夫だよ。学校では、確かに浮いていて……周りの学生さんから変な子あつかいされちゃって……敬遠されてるっぽいけど、勉強がメインなんだから友達は別にいいよ」

敬遠されている？　確かにまだ友達ができていないとは言っていたが。

「……」

「うん、でも虐《いじ》められているわけじゃないから。そうだね、マミンカの言うように、ぼくのこと、好きだって言ってくれるの、オレクさまとヨナシュくんくらいだね。みんな、変だって言うもんね」

それはそうだ。今では使用人たちも沙智の無垢《むく》さに癒《いや》しを感じるようになっているが、当初はとても戸惑っていた。

オレクは最初からそうしたところにどうしようもない魂の浄化作用のようなものを感じていたが、一般的な人間は、親戚のシモナにしても、沙智のことをうさんくさそうな目で見ていた。学校でもそうなのか。

普通の人間なら、沙智のように心の綺麗なものを誰でも好きになると思っているのだが、反対にあまりにもピュアすぎて、変なもののように見てしまうものもいるのかもしれない。

（だとしたら、これ以上、沙智を学校に行かせるのはあまり良くないのかも）

いっそやめさせるべきか。それでも自分からハーブのことが学びたいという向上心を持ち、知らないことを知って、人の役に立ちたいと明るく話していた彼の志《こころざし》をそんな理由で止めていいのかどうか。

「大丈夫だよ、マミンカ、ぼく、勉強がんばるから」

いいながら、沙智がくしゅんとくしゃみをする。はっとしてオレクははおっていたガウンを脱ぎ、ベランダへと出た。

「沙智、風邪を引く。こんな雪の中、普通の格好をしてベランダに出たらダメじゃないか」

オレクはガウンを沙智の肩にかけた。

「………」

するとマミンカがぼそっとなにか言う。オレクが不思議に思って首をかしげると、沙智が通訳してくれた。

「マミンカが言うには、ぼくはまだ人間らしくなくて……人狼のときみたいに平気で寒いところに出てきてしまうから、オレクさまにもっとぼくを人間ぽくしてほしいと」

沙智の説明を聞きながら、マミンカがうんうんとうなずく。オレクは彼に手をのばし、自分の胸に抱きかかえると、その額にちゅっとキスをした。

「ありがとう、マミンカ。きみの言葉が私にもわかればいいんだけれど、なかなかどうしていいかがわからなくて」

「……」

「オレクさまは本当にいい人だねってマミンカが言ってます」

「それはうれしい。でも、そうでもないんだ、沙智がどうすれば幸せになれるのか……わからないことが多くて不安だらけだ。だからマミンカ、もっともっといろんなことを私にも教えてほしい」

するとマミンカがニャーニャーと精一杯何か伝えようと口にする。ものの、沙智が少し困ったような顔をしてうつむく。

「沙智……訳してくれるか」

オレクが急《せ》かすと、マミンカも同じようにトントンと前肢《まえあし》で沙智に催促する。

「え、ええ、はい」

沙智は照れたように微笑する。

「オレクさまから愛されて沙智は幸せだねって。沙智もオレクさまが大好きだから本当によかったね……って」

ぼそっと照れたように沙智が言う言葉。愛しさが胸の底からあふれるように湧いてきて、オレクは沙智をぎゅっと抱きしめた。

細くて薄い肩が愛しい。沙智の髪からは白樺《しらかば》のような甘い香りがする。こうして抱きしめていると、自分がどうすべきか見えてくる。

一番大切なものは何なのか。答えは一つだ。沙智が幸せで、ヨナシュが幸せな場所はどこなのかを探すことだ。

「大好きだよ、沙智。大好きだよ、マミンカ」

沙智ごとマミンカを抱きしめると、オレクは思い切って口にしてみた。

「ぼくも……それからマミンカもオレクさまが大好きです」

するとマミンカも同調するにように、オレクの手のひらをぺろりと舐《な》めてきた。彼の言葉はわからないけれど、こうして意思の疎通《そつう》ができるのだから、本当に特別な猫なのだというのがわかる。

チェコには、昔から不思議な生き物が多い。

もぐらのクルテク、木が赤ちゃんになるオテサーネク……。人狼の伝説……。

イギリスで学校に行っているとき、ずいぶん自分は変わった場所で生きていたのだと実感したものだ。

大好きなチェコアニメや人狼の伝説……そうしたことを口にすると、ちょっと変わったチェコ人という感じで遠巻きに見られた。

チェコなら普通なのにと思っていたが、こうして故国で生活すると、あらためてこの国の不思議の多さに驚くことが多い。

人狼を、その魂の清らかさゆえに愛しい――と思ったのだから。

それなら自分の感覚にもっと素直になるのもいいかもしれない。

「どうだろう、三日間ほど、ヨナシュとみんなでエルベの森に行かないか」

オレクはふとそう口にした。

「え……」

沙智とマミンカが驚いた顔でオレクを見あげる。

「ちょっときみに見てもらいたいものがあるんだ」

沙智にハーブ園を見せよう。そこでハーブを育てて暮らしたいか訊いてみよう。

「その前に、少しだけ沙智の暮らしていた家で、みんなで過ごさないか。氷のはった湖で、ヨナシュとスケートをして遊ぶのもいいし……なによりきみの故郷の美しさを私に教えてほしいんだ」

すると、沙智もマミンカも目をキラキラと輝かせてオレクを見上げた。

「帰れるの？　森にみんなで？」

「そうだ。私たちで。おいしいシチューを作ろう。それからケーキは君が作ってくれ」

「ええ、わあ、嬉しい、すごく嬉しいです」

沙智のこの幸せそうな笑み。愛らしい瞳にうっすらと涙がたまっている。

ああ、やはり彼は森が好きで好きで仕方ないのだ。ここで人間として暮らすようになって三ヵ月になるが、こんなにも満たされたような笑みを見せるのは初めてだ。

「じゃあ、出発は木曜の夜だ。月曜の朝に帰ってこよう」

2

「オレクさま、オレクさま」

秘書の声にハッとして顔をあげると、いつのまにかオレクはソファに横たわっていた。心配そうな顔で秘書が顔をのぞき込んでいる。

「……びっくりしました。突然、倒れられたので」

「……っ」

「主治医に連絡を」

「あ、いや、いい」

半身をおこし、オレクは髪をかきあげた。

明日会社を休むので、根《こん》を詰めて仕事をしていたのだった。重役たちから強く言われている合併《がっぺい》の話。このまま拡大路線をとりたいという役員や株主が多く、あまり乗り気でないのはどうもオレクと一部の社員だけのようだ。

このままオレクだけが乗り気でないのなら、この地位を次の重役会議でリコールされるかもしれないと言われた。確かに大多数が同じ方向にむかっているなか、自分だけが別の方向を向いているのもおかしなことのように思う。そう思って少し気合を入れて合併のための調査に力を入れていたのだ。

「社長、顔色が悪いですよ。どうか少しゆっくりなさってください」

「ああ、そうだな。ありがとう」

もしかすると自分には、企業のトップという地位はあまり向いていないのかもしれないと思った。もちろん少しは下積みも経験したし、子供のころから、親の事業を継ぐものだとして勉強してきたが……こうして働いていてもあまり喜びを感じない。なにかこう自分が生きているという実感もわかない。

(会社を大きくしたいとも思わないし、それが良いことだとも思えない。胸が熱くなったりもしないいし、どうしてもやりたいという気持ちにはならない。だが他のみんなは……それを望んでいる。自分だけが浮いている)

もしかしてこういう疎外感《そがいかん》は沙智《さち》が学校で感じているものと同じではないか。ふとそんなふうに思った。

自分がそう思えなくても他の人間が良いと思っているのなら、多数意見を尊重し、調和をはかるために合わせていくべきなのか。

それとも社長としての自分の考えを重視するべきなのか。

どちらが正しい答えなのかわからない。

どちらも決して間違っているわけではない。ただ自分がどうしたいか、自分がどうするほうが幸せなのか、自分の愛するもののためにどうするべきなのか。

答えを解く鍵はそこにある。それを見つけなければいけない。沙智とヨナシュとマミンカと自分が進むべき道——その最善のルートを探さなければ。

(明日からの休暇はいいそのきっかけになるかもしれない。少し私にも考えるための時間が必要だ)

これまでは考える余裕がなかった。

人狼の呪い、家に伝わる忌《い》まわしい因習《いんしゅう》のようなものを背負って生きていくことが自分の人生だと思っていたし、亡き姉夫婦にかわって、身体のよわいヨナシュを無事に成長させることだけをすべてにしてきたのだから。

(人狼の仕業《しわざ》に見せかけ、姉夫婦を殺害したのは……セドラーク家の莫大な財産を狙った者だったが、先日、逮捕された。もう人狼狩りのチームも解散したし、研究に関わっていた研究所の役員も辞任し、出資もやめた)

所長をつとめていた叔父の話では、今もまだ何人か研究員が残っていて、これまでの人狼に関わる歴史書や、最近のデータを整理しているらしい。だが、いずれ閉鎖されるだろうとのことだ。

状況が変わったことで、自分が進むべき道がわかりにくくなっている。そういう意味では沙智と同じか——と思うと、どうしていいかは答えは見えないものの、少しだけ胸が明るく弾《はず》む気がした。

愛する相手と同じ問題を自分が抱えている。

そんなささいなことなのに、同じというだけで、ほんの少し心強くなる。その悩みすら、ゆっくりと熟していく果実のように、何かが実になる前の、必要な過程に感じられ、前向きになれるのだ。

明日からの森での時間を楽しもう。精一杯、みんなで。そして答えを見つけよう。


夜空から雪が降っている。宇宙から白い梯子《はしご》を下ろし、そこを伝っていくようにさらさらと途切れることなく。

午後、スノータイヤの車を運転し、数日分の食糧を用意してかつて沙智が住んでいた森の家へとやってきた。

家族三人でひっそりと住んでいたというその家は、森の入り口からそう遠くはなかったものの、森全体が人間を拒む深い迷路のようになっているため、沙智かマミンカの道案内がなければ簡単にたどり着くことができないだろう。

「じゃあ、ぼく、寝室の用意をしてきますね」

両親の寝室と沙智の屋根裏部屋と、それからキッチン付きのリビング。そして物置代わりの地下室。たったそれだけの小さな家ではあったけれど、とても雰囲気のいい家だった。

沙智の母親が描いたという壁にかけられた小さな八枚の絵は、森の人狼伝説を描いた絵物語になっている。

沙智の父親が作ったという家具やテーブルは、触れただけで木の香りがしてくるような、優しい自然の温かさに満ちている。使えば使うほど味わいが出てくるようなフォルムもいい。

彼の母親が編んだという複雑なレース編みのテーブルクロスや、彼の父親が作ったレンガ造りの暖炉《だんろ》、それにパッチワークのソファーカバー、窓にかかったレースのカーテン。木彫《きぼ》りの雑貨や素焼《すや》きの陶器《とうき》。使いやすそうで、触れるととても感触が良いものばかり。何もかもが家族への愛情にあふれている。

こんな場所で暮らしてきたからこそ、彼が愛情深く、そしてとてもピュアで、一緒にいると澄み切った感覚になるのだと改めて痛感する。

「すごいなあ、沙智のお家、全部、一つになってるんだね」

暖炉の前に座り、ヨナシュは不思議そうな顔でぐるりとあたりを見まわした。すると暖炉の前にいたマミンカがぴょんとヨナシュに近づく。

「……」

マミンカが尻尾《しっぽ》をくるくるとさせ、にゃーにゃーと楽しそうに話しかけると、ヨナシュは笑顔でうなずいた。

「うん、ここ大好きだよ。こんなところに住みたいなぁ」

ヨナシュの返事に、オレクは「え……」と耳を疑った。

「ヨナ、マミンカの言葉がわかるのか？」

信じられない。そんなことが。

「うん、わかるよ。お兄ちゃん、わかんないの？」

きょとんとした顔で言われ、愕然《がくぜん》とした。では、わからないのは自分だけか。子供は純粋だから動物の言葉がわかるというのか？

「わからない、私には普通の猫の鳴き声にしか聞こえない」

無性に腹立たしくなってくる。なぜ、自分にはわからないのか。

「ぼくも最初はそうだったよ。今はすごくよくわかるんだけど、あ、でも、それでもね、この子しか言葉はわからないんだ」

そうなのか？　もしかしてこの地のハーブで体質が変わったから、そんなふうに聞こえるようになったのか？

すると屋根裏部屋から降りてきた沙智が感激したように言った。

「すごいなあ、ヨナシュくんは森の生き物と魂が近いんだよ。だからマミンカの声が聞こえるんだよ。ずっとずっとそのピュアな気持ちを持ち続けたら、大人になった人間でもマミンカやミミズク先生の言葉がわかるらしいよ。現にぼくのママは分かっていたからね」

ピュアな気持ちを持ち続けたら――その言葉に寂しさを感じた。

猫の言葉など聞こえないことが当たり前なのに。そうだ、猫やミミズクの言葉がわかるほうがおかしいのに。

それなのになにか自分だけが仲間外れにされたような、疎外感というか……奇妙な居心地の悪さを感じ、オレクは寝室の様子を確かめる振りをして彼らに背をむけた。

「あ、待ってください。そっちのぼくの部屋はヨナシュくんのためにかわいいパッチワークとふかふかのあたたかな毛布を用意しました」

小さな窓のある小さな部屋には、机とベッドと本棚だけが置かれ、備え付けになったクローゼットに服が引っ掛けられるようになっている。本棚にはチェコのたくさんの絵本。それからおそらく彼の父親が残したであろう日記。ここで彼は一人ぼっちでこの本を読んで暮らしていたのかと思うと胸の奥が痛くなるのを感じた。

「どうしたんですか？」

部屋の中央に立ち、周りを見回しているオレクを、沙智は不思議そうな面持《おもも》ちで見上げた。まっすぐなつぶらな瞳、愛らしい口元、それにほっそりとした肩。ふいに彼を抱きしめたくなり、オレクはその背に腕を回すと小さな体を自分で引き寄せた。

「……オレクさま」

沙智の髪から森の果実のような香りがしてくる。

木苺《きいちご》だろうか、ラズベリーだろうか、それとも芳醇《ほうじゅん》なぶどうの香りなのかわからないが、懐《なつ》かしくて素朴でそれでいて甘酸っぱい気持ちをかき立てるようなそんな香りだ。

聞きたいことがたくさんある。知りたいことがありすぎる。

ここで一人で暮らしていて寂しくはなかったのか。

冬は寒くなかったのか、夏は暑くなかったのか、夜はちゃんと眠れたのか、それに嵐のときや雷の夜は心細くなかったのか。

なにより、ここであのクリスマスマーケットの思い出を支えに、オレクのことを思って過ごしていたのか。

けれどそれを聞くのが怖かった。なぜなら、それを彼が全部肯定してしまったら、あまりに胸の奥が痛くなってきっと大泣きしてしまったかもしれないからだ。

その一人の夜を、その寒い朝を、どうして自分は一緒に過ごすことができなかったのか。

あのクリスマスマーケットのあと、確かに親族のゴタゴタや姉の事故や、いろんなことが重なってあまりにも忙しくて彼のことをかえりみる余裕がなかったのは事実だ。

自分だってあのときは子供だったのだから。そんな言いわけを胸の中でするしかない自分が悔しい。

あの日、一人で帰ろうとしていた彼の姿をずっと後ろから見ていた。そして別のときに必ず探し出して声をかけて何か彼の力になりたいと思っていた。

なのに、どうしてそれができなかったのか。そのことを思うと本当にはがゆい。クリスマスマーケットで出会ったとき、沙智の存在に前に進む勇気をもらったのに。

「すまない……沙智」

疎外感などどうでもよくなり、思わず喉《のど》からそんな言葉が出た。

「え……」

沙智が小首を傾《かし》げる。大きな目をパチクリとさせ、まっすぐ見つめてくる彼に、オレクは微笑した。

「好きだよ、沙智」

すると沙智もふわっと微笑する。

「はい、ぼくも」

その笑みに胸の奥があたたかくなる。

すまない、ごめん、あのときはこうしたかった。そんなことを言うよりもこれからのことを考えるのが大事だ。好きだ、大好きだ、愛している。それを口にする方がずっと沙智が幸せになる気がする。

「沙智……森のことを教えてくれ。知りたい、きみが過ごしてきたこれまでの時間を。きみを守ってきた森を……」

「はい」

うなずいた彼の髪を指先ですくいながら、その額に口づけする。

本当になんて愛しいのだろう。このまま彼をベッドに横たわらせ、その身を心ゆくまで愛したい衝動が湧いてきたが、パッチワークに描かれたかわいいクマの柄を見て、オレクはハッと己の欲望を止めた。

いけない、ここはヨナシュの寝室だ。

彼らの両親の寝室はそのままにして、オレクは自分と沙智の寝室をキッチンの横にあった作業場を改装して作っておいた。

二人が何の気兼ねもなくゆっくりと静かに過ごせるような、優しい色彩の部屋だ。一緒に寝る大きめのベッドには、薔薇《ばら》の花束を用意しておいた。

沙智はどう思うだろう。喜んでくれるだろうか。薔薇の香りに包まれたベッドで幸せな甘い時間を過ごしてくれるだろうか。

想像しただけで、緊張で鼓動が激しく高鳴りそうだ。と思ったときだった。

後ろからヨナシュの声も聞こえてきた。ハッと我にかえり、オレクは目を見ひらいてふりむいた。

「お兄ちゃん、お腹すいたよ」

マミンカを抱き、ヨナシュがはしごをのぼってきて、入口でこちらを見つめている。沙智もきょとんとした顔でオレクを見あげている。

私はなにを考えていたのか。きっとゆるんだ口元をしていたに違いない。にやけていたに違いない。ああ、恥ずかしい。甘い想像は、二人きりになってからにしなければ。

「ああ、そ、そうだな、さあ、今から夕食にしよう。今日は、とっておきのシチューを用意したんだ」


部屋中に充満するビーフシチューの香り。チェコの名物——グラーシュという牛肉のとてもおいしいシチューを自宅から持ってきた。それを暖炉の上の鍋にかけ、ことことと煮ていると、たちまち部屋中にバターとビーフとパプリカの香ばしい香りが充満し、空腹感が刺激されてくる。

「わあ、おいしいね、このシチュー」

皿に入れて沙智とヨナシュとマミンカに出すと、全員がとても幸せそうな顔でシチューを食べ始めた。その横にはもちもちとしたチェコの主食のパンケーキ。

「うん、いい味だ」

不思議なほど今夜の食事はおいしかった。

理由はわからないけれど、同じものなのに家で食べるよりもここで食べる方がおいしい。そんなふうに感じた。空気がおいしいからだろうか。

「……ぼく、ここで暮らしたいなあ」

ポツリとヨナシュが言うと、嬉しそうにマミンカが尻尾《しっぽ》を横に振る。

「ダメだよ、二人とも」

沙智が切なそうに首を左右に振る。

「ぼくは学校に行って勉強するし、ヨナシュくんももうすぐ学校だよ。それにスケート教室はどうするの、アスリートになるんでしょう?」

「でも、ここからだって、通えるよ。森からそう遠くないし」

「……」

すると沙智がちらりと困ったような顔でオレクを見た。

わかっている。彼も本当はここで暮らしたいのだ。だがオレクの仕事やプラハの邸宅のことを思うとそんなこと簡単には言えないと、沙智が思っているのが分かった。

許されるならここで彼と、そう、このメンバーでもっと長く暮らすことができたらどれだけ幸せだろう。

とは思うのだが、実際に現実はそう甘くない。

(私がすべてを捨てさえすれば……)

マミンカの声が聞こえるヨナシュの穢《けが》れのない魂をこのままここでゆったりと守るように育てたいと思う。

沙智のように、心が清らかなまま、優しくて、強くて思いやりのある子に。

この森の入り口のあたりに買う予定のハーブ園。あそこを沙智の仕事場兼夏の別荘にするつもりだったが、いっそ自分たちの新たな家にするのもいいのではないか。

そこからなら街に行くバスも出ているし、スケート場もあるし、学校もある。

そして時々この家にやってきて過ごすのも悪くはない。

そんな気持ちが湧いてくる。

ここにいるみんなのためにはそのほうがいい。けれど自分にとってはどうなのか、自分がそれを望んでいるのか。

これまでの生活を一気に変えるには、少しばかりの考える時間と勇気が必要な気がした。

3

夕飯を食べたあと、ヨナシュがうとうととし始め、マミンカが添い寝してくれるというので、オレクは沙智《さち》とともに夜の森に出かけた。

彼らの先祖の墓に行くことにしていた。少し離れた湖畔《こはん》にあるらしい。

「オレクさま、ここ、この湖のむこうに見える森に、ぼくを人間にしてくれたミミズク先生がいるんです」

湖のほとりに立ち、沙智は、白い雪をまといながらも夜の闇に包まれた森を指さした。

凍った湖の向こう。あそこにもっともっと深い森があり、そのさらに向こうにエルダーフラワーのある谷があった。

あのとき、沙智が命がけでヨナシュのためにエルダーフラワーをとりに行ったかもしれないとチェフ先生から連絡があり、不思議な猫――マミンカに導かれ、この森にやってきて、無我夢中で向かった場所だ。

「明日はこの湖でみんなでスケートができますね。僕と一緒に滑《すべ》ってくれますよね？」

無邪気に話しかけてくる沙智に、オレクは苦笑しながらも「そうだな」とうなずいた。

ちょっとくらいみっともなくてもいいか。みんなが楽しいなら。

そんなふうに思いながら、凍った森のほとりを沙智と手を繋いで歩いていく。

そのとき、ふとポケットに入れたスマートフォンが振動した。

こんなところにも電波が届いているらしい。会社からだった。

「ちょっと待ってくれ、沙智」

オレクは電話をとり、森の木の陰に向かった。

『ああ、オレクか。ちょうどよかった』

電話をかけてきた相手は、重役を勤めている叔父だった。父の妹の夫なので、叔父といっても血縁ではないが。

『実は……私が所長をしている研究所から連絡があって』

親族の話によると、人狼狩りに関わっていた研究所の職員が、唯一の生き残りがいるという噂を聞きつけ、それが沙智ではないかと疑っているとのことだった。

『きみがベビーシッターとして雇《やと》った彼だよ』

「沙智が？　どうして」

『森に備えつけていた防犯カメラに、耳と尻尾のある人狼の姿が写っていたようなんだ。それが彼に似ていて。彼の写真と照らし合わせると、同一人物である可能性が高いと解析されて』

「なんですって」

オレクは血の気がひくのを感じながら、湖畔で夜空を見上げている沙智に視線をむけた。

『一度、研究所であずからせてくれないか。遺伝子を調べたいんだ。きみのところにいるのも危険だ。もしかすると人狼として、先祖の復讐をしようとして近づいたのかもしれない。彼らは邪悪な生き物だ』

「……っ」

そうか。リアルに人狼に触れていない彼らは、歴史書や先人が伝えてきたデータ通りに、人狼をいまだに邪悪な悪魔のような生き物だと思い込んでいる。

そうではない、人狼は心の綺麗な生き物だと伝えたいのだが、それを証明するには、沙智のデータを提出するしかない。そんなことはできない。沙智が研究対象にされてしまう。

「人狼狩りのことなんてどうでもいいじゃないですか。沙智は人間です。だからベビーシッターに採用したのです。人狼の森には住んでいましたが、人狼ではありません。尻尾も耳もありません。それなのに遺伝子なんてどうして研究させなければいけないんですか」

沙智に聞こえないよう、手で口元を隠し、オレクは責めるように言った。

『人狼と人間の子孫の可能性がある。彼を調べれば、人狼の遺伝子が解明できるかもしれない。それなのにきみは……あきらめるのか？　長年、追いかけてきたのに』

古き因習《いんしゅう》。悪《あ》しき歴史、誤解の数々がずっとセドラーク家に呪いをかけていた。それは自分たち自身が自分たちを苦しめるような形の呪いではあったが。

今、それから解き放たれ、もうそんな因習と関わりたくないと思っていた。だから沙智のことを報告していないし、する必要もないと思っていた。

「研究所は解体させると言っていたじゃないですか」

『人狼が本当にいないのならな。だがもし存在するなら人類の未来のためにも役立つかもしれないじゃないか。人類史上、稀少《きしょう》な存在だ。ノーベル賞だって夢じゃない』

「そんな夢物語……ありえないですよ。人狼はいません。ノーベル賞だなんて」

だめだ。そんなことになったら、沙智はどうなるのか。

「彼は違います。私が保証します」

オレクはきっぱりと言った。

『保証？　なら、そのためにこそ検査を』

「それは……できません。でも保証はします」

『オレク……何なんだ、言ってることの意味がわからん。その理由は？』

「伴侶なんです」

『――っ！』

　叔父が電話のむこうで絶句する。

「意味はわかりますね？」

　プロポーズはまだだったが、いずれするつもりではいた。調べたところ沙智の父親は医師のチェフの協力で、この国の人間としての身分証を入手していた。だからクリスマスマーケットにも参加できたのだ。もちろん沙智も登録されていた。そしてオレクと正式に婚姻すれば、沙智にはセドラーク家の相続権が法的に認められる。

『……そうか。きみの伴侶をどうこうする気はない。すまなかった……研究所には私のほうから断りを伝えておく』

「ありがとうございます」

　オレクはそう言って電話を切った。

　ああ、よかった。この電話のおかげで、迷いがふっきれた。自分が選ぶべき道がしっかりと見えてきた。

叔父は落胆している様子だったが、人狼の唯一の生き残りの遺伝子を調べたところで、人類の未来が幸せになるとは思えない。ただ沙智を晒《さら》し者にするだけだ。そんなことは絶対にできない。命をかけても阻止《そし》する。

(そう、おかげではっきりと見えてきた)

叔父と話をしているうちに、オレクはこれまで自分の内側にあった迷いのようなものがさーっと潮《しお》が引くように消えるのを感じていた。

沙智が森に帰ってしまうのではないか、そのほうが彼にとって幸せではないか、自分から離れていくのではないかという不安だ。

だが、沙智を晒し者にすることに勝《まさ》る恐怖はない。それが最も耐えがたく、最も許せないことだ。それから沙智を守ることが自分にとって一番大事なことだと、改めてはっきりと実感した。

沙智を愛したときから、もうこの道は決まっていたのだ。それなのに、どうして自分は彼をこちら側の人間の世界に連れて行こうとしたのか。

沙智は森の人間だ。ここで生きることが彼にとって幸せで、その彼を愛したのなら、自分もここの人間にならなければいけなかったのだ、と。

「沙智、さあ、案内してくれ」

「大丈夫なのですか、お電話……」

「あ、いや、大丈夫だ、きみが気にすることではない。仕事の書類の催促《さいそく》だ」

「大変ですね、こっちにきてまで仕事の催促だなんて」

「ああ、観光業の仕事は嫌いじゃないが、それ以外のもっと厄介《やっかい》な仕事があって……でもすべてが終わったよ」

オレクが笑顔で言うと、沙智が「よかった」と微笑する。

「あ、オレクさま、あそこです。あそこが先祖のお墓です」

沙智は湖畔に建った石の前に連れていってくれた。墓というよりは石碑《せきひ》。これがそうだと言われないとわからないような、小さな小さな石碑が雪をまとっている。人狼は命を喪《うしな》うと土になるので、ここには骨が埋められているわけではない。ただその魂の還《かえ》る場所として、森と湖が一望できる場所に石碑が建てられているのだろう。

沙智が花を添え、手を合わせる。

ここで沙智にプロポーズしよう。彼の先祖の前で愛を誓おう。そう思ってポケットから、セドラーク伯爵家の紋章《もんしょう》入りの指輪を出そうとオレクはポケットに手を入れた。そのとき、顔をあげ、沙智がオレクの腕に手を伸ばしてきた。

「オレクさま……あの……ぼく……」

「どうしたんだ?」

「あの、もしよかったら、ぼく、研究対象になってもいいですよ」

「え……」

「ぼく……耳がいいので、お電話の声、聞こえたんです。オレクさまの叔父さん、人類の未来のためと言ってました。もしお役に立てるなら、ぼく、うれしいです。それに人狼が邪悪だと思われているの……ぼくがそうじゃないと証明できるのもうれしいですし」

無垢《むく》な笑みを浮かべて言う沙智に、オレクはどうしようもないほど胸が痛くなるのを感じた。

どうしてそんなことを言う、どうしてそこまで人を疑わない、どうしてそんなに……。だめだ、胸が痛すぎる。オレクは思わず沙智を抱きしめた。

「いいんだ、いいから、沙智……もういいんだよ」

涙で目元が熱くなってくる。耐えられない、これ以上はオレク自身が耐えることができない。この愛《いと》しいひとを、これ以上、人間社会に置いていおく勇気がない。

そう、自分がここにいたいのだ。自分がここでこの清らかな沙智の愛に包まれる幸せを求めているのだ――そのことをようやく自覚した。

「沙智……それはもう終わったんだ。いいから、そんなこと……する必要ないんだ。それよりもしてほしいことがある」

「は、はい」

オレクは沙智の肩をつかみ、祈るように彼を見た。

「私と結婚して、ここで暮らしてほしい」

「え……」

沙智が驚いたような顔でオレクを見あげる。信じられないものでも見るような眼差しで大きく目を見ひらき、息をするのも忘れたように。

「きみと正式に結婚したい。そして、ヨナシュとマミンカと……みんなで、ここで」

「え……でも仕事は……」

「仕事は大丈夫だ。この森の入り口にハーブ園を買うつもりだ。きみはそこでハーブを育てて、私はそのハーブ専用の会社を立ち上げようと思っている」

「えっ、そんなことが？」

「そうだ、それが一番いい。きみのためにも、なにより私がそうしたい。それにヨナシュのためにも」

心の底からそう思った。

この美しい森を守るために。そしてこの愛しい相手を守るために。何より自分が幸せであるために。彼を研究所なんかに渡したくない。そんなことをするくらいなら死んでしまったほうがマシだ。特別金持ちになりたいわけでもないし、贅沢《ぜいたく》がしたいわけでもなく、ただささやかな幸せと、愛する者たちとの愛に溢れた生活が欲しいだけだ。

彼の両親が暮らしていたような、幸せな時間があればそれでいい。

「だから沙智……返事をくれないか？」

オレクは少し唇を震わせて問いかけた。イエスで間違いないと信じてはいるものの、やはり彼からはっきりと答えを聞きたかった。

「……答えは……」

沙智は眸《ひとみ》から、一筋の涙を流した。これ以上ないほど美しい涙だった。

「します、あなたと結婚します」

そう口にしているうちに、沙智の眸から次々と涙があふれて、彼の顔を濡らしていく。たまらなくなって、オレクはその涙を自分の手で拭《ぬぐ》った。

「ありがとう……沙智……」

そのまま彼のほおを手のひらで包みこみ、オレクはそっと唇を近づけた。

彼の先祖に誓う。この森の奥にいるミミズクの長老にも誓う。

沙智を生涯愛し続ける――と。

「んー……」

誓いの甘いくちづけ。沙智の背に腕をまわし、オレクは心のなかで強く誓った。

うっすらと目を開けると、森がさっきよりもずっと美しく明るく見えた。まるで二人を祝福しているかのように、湖も森の雪も満天の星と月の光を反射してきらきらときらめいている。

(知らなかった。こんなにも夜の森が明るかったなんて)

星も雪明かりも、月も、湖も。何もかもが二人を祝福している、そんな美しさに包まれた夜だった。

その夜、オレクは二人のために用意した寝室で沙智と甘い時間を過ごした。

「……うれしいです、これ。オレクさまの愛がいっぱい感じられて」

沙智が左手の薬指の指輪にそっとキスをする。オレクはその手をとって、彼をベッドに横たわらせ、これから一生かけて愛していく——そんな思いを込めて沙智にくちづけした。

「……っ」

まだこの行為に慣れていない沙智は、おずおずとしながらも、それでも懸命にオレクにしがみつき、素直な反応を示してくれる。

「あっ……っ」

何度か身体を重ねているうちに、少しずつ色っぽくなってきているように感じる。シャツを脱がすたび、いつのまに彼の乳首はこんなにぷっくりとしたのだろうと、その愛らしい胸の粒を思わず唇で吸ってしまう。

「ああっ、あ……っ……そんなに吸わないで……んっ……ああっ」

ほおを赤くして恥ずかしそうにしている彼の姿は、残念なことにオレクの欲望を余計に煽《あお》ってしまう。ちゅぷちゅぷと音をたてながら可愛がると、すぐに乳首がかたくなり、彼の下肢《かし》が少しずつ濡れてくるのがわかる。

「大好きだ……沙智……これから毎晩、こうして過ごしたい」

彼の上にのしかかりながら、その膝を腕にかけ、後ろを指で慣らし始める。前からの先走りの蜜《みつ》がそこに伝い落ちていく。とろとろとしずくをあふれさせ、恥ずかしそうにしながらも、それでも背中に爪をたててくる沙智の一生懸命で健気《けなげ》なところが愛しくてたまらない。

オレクからの愛を彼の愛で受け止めてくれようとしているのを感じて。

「沙智……沙智……」

あまりに好きすぎて、あまりに大切すぎて、もうこれ以上は冷静でいられない。自分の伴侶、永遠の恋人、そして家族……。

この愛しい存在とこれから幸せになるために、ここで暮らしていくのだという喜びを感じながら、オレクは沙智を求め続けた。

朝の光が雪の森を眩《まばゆ》く煌《きらめ》めかせるときまで。


一ヵ月後、雪が溶け、イースターの華やかな春の彩《いろど》りに包まれたハーブ園がオープンしようとしていた。

「ここ、ちょっと手を加えたらすぐに暮らせますね」

エプロンをつけ、楽しそうにハーブ園でハーブを育てている沙智の姿が愛らしい。

今、沙智はここから学校に通っている。あと少しで資格が取れるようだ。少しずつ沙智の無《む》垢《く》さ、純粋さを好む学生も現れているらしく、最近では人気者になりつつあると学校の教師が話していた。以前に使用人たちがそうであったように、最初は風変わりだと思っても、その清らかさに触れると、たいていの人間は幸せな気持ちになって沙智を好きになる。だが、それはそれで気が気ではない。彼が好かれるのは嬉しいことだが、同時に誰にも渡したくないという気持ちが湧いてくる。だからここに引っ越してきて良かったと思う。

これからここをもっと大きくして、もっとたくさんのハーブを育てて、チェコ一の素晴らしい会社にしようと考えていた。

「わあああ、可愛い、この家、大好き」

ヨナシュがマミンカを抱いて楽しそうにはしゃいでいる。

『うん、とてもいいな、ここ』

そう答えたマミンカの声に、オレクはハッとした。

「え……今、なんて」

『ここ、すごくいいなと言ったんだ。これからみんなで幸せになるためのハーブ園。おれ、とても好きだよ』

マミンカの声がはっきりと聞こえる。

オレクはあまりの感動に胸が熱くなるのを感じ、マミンカごと沙智とヨナシュを抱きしめた。

ああ、自分にも聞こえた。彼の声が。

それはようやくみんなが家族になれた喜びの声にも聞こえた。

「ありがとう、みんなでここに住んでくれて」

そう言いながら、家族を抱きしめるオレクの頭上から春の優しい日差しが降り注《そそ》いでいた。

キラキラと輝くハーブの数々。淡い草の心地よい香り。

それから愛しい相手。全員で幸せになるのだと思うと、自分たちの人生に本物の春が訪《おとず》れたのだという実感が湧いてくる。

さあ、始めよう。これからここで。新しい家族の愛の暮らしを。

あとがき

AFTERWORD……………………

─華藤えれな─

このたびはお手にとっていただき、ありがとうございます。心から感謝いたします。

この本には、一年前の小説ディアプラスさんの「子育て」特集に書かせていただいた雑誌掲載分と書き下ろしが入っています。

舞台はチェコ。

テーマは子育てに加え、異種間のメルヘン風恋物語です。

十年前、ドイツからチェコへと向かう電車から見た真冬のエルベ渓谷《けいこく》の圧倒されるような光景、プラハの街で見たクリスマスマーケットの幻想的な雰囲気、墓地に降り積もる雪の世界の静けさ。そうした美しい世界が忘れられず、今回、当時の記憶を掘り起こしながら舞台背景にしてみました。

もっとチェコらしいミステリアスで不思議な風味も出したかったのですが、猫のマミンカを出したことで、ほんわかメルヘン風の方向にむかってしまった気がします。好きなんですよね、おしゃべりする動物……。今回のようなごんぎつねや人魚姫風のお話はこれまでも、時々、挑戦してきましたが、今回は切ないけど全体的にほのぼのしたふんわり系になったのではないかなと思います。おしゃべりニャンコとの会話や、人狼《じんろう》と人間の噛み合わない感じなど、書いていてとても楽しかったのですが、楽しんでいただけたでしょうか？　なにか一言でも感想など頂けましたら嬉しいです。

今回のイラストは素敵な漫画を描かれているDite《ディテ》先生にお願いしました。雑誌のときから、チェコの空気感やほのぼのとした登場人物の可愛らしさ、素敵な構図にきゅんとなっていたのですが、カラーや口絵、残りのイラストのラフの雰囲気もすごく好きな感じだったので早く見たくてうずうずしています。ご多忙な中、本当にありがとうございました。漫画でのご活躍も陰ながら楽しみにしています。

担当さま、ご指導や細やかなチェック、ご尽力《じんりょく》、心から感謝しております。いつも本当にありがとうございます。編集部の皆さま、印刷屋さん、校正さん、関わってくださった全ての皆さまに心から御礼申し上げます。

何より雑誌に掲載した時にアンケートハガキやメッセージをくださった皆さまにも心からの感謝を送ります。

このお話の雑誌掲載分を書いていたのが一年前の夏。この本の文庫化作業がちょうどその一年後あたり。その間に、世間も大きく変わってしまいましたが、私自身の環境も大きく変化してしまいました。十六年前の春に我が家で誕生した四匹の柴犬のうち三匹の子たちが昨年の十月と十一月、そして今年の八月に旅立ってしまいました。年齢的には天寿をまっとうしたことになるのですが、当たり前のように自分のそばにいたワンコたちがいなくなってしまった喪失《そうしつ》感にはまだ気持ちがついていかない感じです。介護はその一年前からなので約二年。なかなかハードでしたが、それでも振り返ると介護中の濃密な時間ばかり思い出しますね。執筆にもなかなか集中できなくて最終的にお仕事先にご迷惑をおかけしてしまって……この先を考えると不安しかないのですが、ワンコちゃんたちから教えてもらったことも多くあるので、すぐに作品で昇華できるキャパはないものの、少しずつ自分の糧《かて》になるようにしていければ……と思っています。このところ本当にダメな感じでしたが、少しずつスケジュールを立て直して、前に進んでいきたいです。なので、今後ともどうぞよろしくお願いします。

世間はまだまた大変な感じですが、ひとときでも楽しんで頂けたのなら幸いです。どうかそうでありますように。

この本を読んでのご意見、ご感想などをお寄せください。
華藤えれな先生・Dite先生へのはげましのおたよりもお待ちしております。

〒113-0024　東京都文京区西片2-19-18　新書館
[編集部へのご意見・ご感想] ディアプラス編集部「猫と人狼と御曹司の溺愛子育て」係
[先生方へのおたより] ディアプラス編集部気付　○○先生

- 初出 -
猫と人狼と御曹司の溺愛子育て：小説DEAR+19年アキ号（Vol.75）
御曹司の初めての甘い純愛：書き下ろし

[ねことじんろうとおんぞうしのできあいこそだて]
猫と人狼と御曹司の溺愛子育て

著者：**華藤えれな** かとう・えれな

初版発行：2020年11月25日

発行所：株式会社 新書館
[編集] 〒113-0024
東京都文京区西片2-19-18　電話（03）3811-2631
[営業] 〒174-0043
東京都板橋区坂下1-22-14　電話（03）5970-3840
[URL] https://www.shinshokan.co.jp/

印刷・製本：株式会社 光邦

ISBN978-4-403-52518-6 ©Elena Katoh 2020 Printed in Japan